当代作家精品·诗歌卷

凌翔　主编

山东省作家协会定点深入生活项目

中国作家协会定点深入生活项目

大地这个生长的动词

韩簌簌 著

北京出版集团

北京出版社

图书在版编目（CIP）数据

大地这个生长的动词 / 韩簌簌著 . — 北京 ： 北京
出版社，2022.9

（当代作家精品 / 凌翔主编 . 诗歌卷）

ISBN 978-7-200-17401-4

Ⅰ . ①大… Ⅱ . ①韩… Ⅲ . ①诗集—中国—当代

Ⅳ . ① I227

中国版本图书馆 CIP 数据核字（2022）第 159655 号

当代作家精品·诗歌卷
大地这个生长的动词
DADI ZHEGE SHENGZHANG DE DONGCI
韩簌簌　著

出	版	北京出版集团
		北京出版社
地	址	北京北三环中路 6 号
邮	编	100120
网	址	www.bph.com.cn
发	行	北京出版集团
印	刷	三河市中晟雅豪印务有限公司
经	销	新华书店
开	本	710 毫米 × 1000 毫米　1/16
印	张	13
字	数	160 千字
版	次	2022 年 9 月第 1 版
印	次	2022 年 9 月第 1 次印刷
书	号	ISBN 978-7-200-17401-4
定	价	59.80 元

如有印装质量问题，由本社负责调换

质量监督电话　010-58572393

谁将成为这片土地上的证人

我眼中的大地，无疑是温厚的。

无论是遍布她肢体的辙痕、鞭痕，还是造物深深浅浅的齿痕，无论东南西北，她都是作为母性的受难者匍匐于恒远的天幕之下的。

滩区的大地，却是一个负重又正在顽强生长的动词。

我的父亲和母亲，他们亦如这片土地上的苍苍芦荻，从蓊郁葱翠直到白发翻飞，最后又在人间销声匿迹。

如今，九个春秋已过，慈爱的母亲，智慧的父亲，也许，还在另一个世界春种秋收，而人间往事几近成灰。

当我心碎，是因为这大地上的春天，太过强大啊——而种子们依然在梦中眺望，并积攒爆发的内力！

你信不信，时间深处一定有一个做局的高手，在梦上打缺口？

他在你梦里养出花草，并叫醒每一粒麦子中躺卧的劳作者，给李子和桃花儿们圈上最随意的木栅栏。

之后，再让春风挠出你深藏的不安与窘迫。继而，夏雨和秋风搬来种子、粮食和酒。

那灯火阑珊之夜，大家都成了酩酊之人。

诗人，就是对这个世界深怀不安与窘迫的人；用偏旁部首的锋刃解开心结并甘心来还愿的人；是执着地在这暗夜里擎灯盏的人——他要以此为酵母去氤氲更深的永夜之黑。

心里那颗种子，也许很小就埋下了，热爱一直在催生，直到有一天，那被滋养浸润的叶芽冲出种皮如翅膀和鼓胀的风帆。从此，它们互相塑造和订正，它们互相打量和依存。

应该是这样。

诗人身体里的灯盏，恰好碰到了暗夜的火，并有幸成为这片土地上，一小段时光的证人。

2022 年 6 月 28 日

目　录

卷一　低处的和声

卷二　偏执的鹤顶红

卷三　行囊里的蹄声和雁鸣

卷四　谁将永立在象形的书册里

后　记

卷一　低处的和声

霜降辞

落叶纷飞，河堤的柳树
终于到了断发的时辰
蜡梅，将一个冬天向春天的邀请函
散养在枝头

这是春天早就草拟好的战书
在我们看不清彼此的时候
春风微醺，骨骼松软
他们，曾经绿得
多么掏心窝子

涨　潮

我相信那些口含种子离去的亲人
都已经深入根茎的内部
所有的暗物质，都霸气深藏

特别是在春天，青草一磨牙
他们就密谋一次槐花汛
人间，就涨一次潮

潮涨潮落
他们无非
是想借着水势
重来这人间的庄稼地
再走一趟

老槐树：一条站着的河流

你有没有见过一条站着的河流

曾以一棵槐树的姿态

带着乡音，带着树根下那一捧黄土

带着一个地区漫漶的流民史

顺着一条大河的走向，一路向东？

在入海口，在每一个黄河人身后

都站着这样一株古槐：

刻着旧姓氏，刻着祖宗牌位的槐

带着一代又一代人的血气

从此落地生根。所以在黄河口

翅碱蓬们才如此有血性，苇荻们才如此泼辣

此去六百载，风霜两相隔

老槐树啊老槐树：那在你的帽檐下迈出第一步的

哪一个才是我的先人？

在根系遍布的华北大地上

哪一条沟垄边，埋着他们还没有被验明的真身？

葵：加冕

葵花，站在温带的地平线上
我圆脸的王，站在鲁东的大平原上
站在旌旗猎猎的夏日长风里
青铜的盾牌后面，是隐隐的宿命之河
王，要多少匹黄绸缎才可以
为你剪成这些滚动的流苏
要多少堆木柴才可以
集聚起这样灼人的炼狱之火

在入海口，仅用一个太阳给葵花加冕
是远远不够的
我要调动十万亩河滩
十万亩海水，连同十万亩新淤的土地
一同为你擂鼓，摇旗
吹响追命的号角

枫叶阵法

在山路的拐角，枫叶们站成序列
是为迎宾？这只是表象

我相信她们正专注做一件事
就是把大地的绿汁液
悄悄加工成秋天里的血红

正如这涧底垂钓之人，终其一根长竿
只为等待一条鱼，游进生命

左臂上的村庄

我看见大地的腮红在色块的起伏中
随季节光影变幻
我看见在大片玉米地中间
一些叫村庄的庶子，都有一束野稗子的秋天

可是抱歉，我只是一截慢轨
我回溯在既定的轨道里
在祖国的新快线，在远郊干裂的河床
隆隆开过

旷野之上，你们缓慢又多么驯良
你们以牛羊的形式，被祖国放养

可是我有罪。正是我
惊飞了安卧在草丛中的故乡

入海口之陶：他叙述

先民们逐水而居
陶也逐水而居。粮食、蔬菜和鱼们
在水边各安其命
因为寂寞，种子们也习惯于按兵不动
走得太累了，停下来歇一歇——
陶，就成为站着的水和土

在入海口
那些散落在河湾深处的垦荒人，都是谁？
是那些最早以土著的方式留下来
并恰恰是为了侍奉这些种子
及其后世子孙
跟陶们一起另立门户的人
在每一个黎明和黑夜的拐弯处
你弯曲的脊梁都以弓的姿势，负艰承重

在陶盆与人面鱼纹的抵牾中
一帧帧拓片层叠成一部繁衍常新的历史
一列列水和土，正迤逦前行

带着河与海口音的黑陶

黑陶，该有多么内敛的性情
病黄黄肌肤的底坯
如何能在火的调教下变成黑脸的硬汉
抑或是周身光洁、腰身挺拔的静女？
它们草本的核，是怎样被一束束光芒解救？
三角洲之上，远有龙山脉系的磨光黑陶杯
近有佛头寺村的黑陶精工
不管是民间，还是皇家的背景
都归一条大河掌控

带着河的口音海的腔调的黑陶
绝不只是戴锁含玉而降的儒士静女之风流
如今，你敞着被浮雕或镂空的身子
古朴高贵的青光
在多维的空间里
领受电光石火的规正
正如我们被反复筛选压滤的一生

谁没有经历漫长的修坯磨光过程？
谁没有苦等过上窑出窑的那一天？

罍①，是父系时代的高人雅士

如果白瓷是光派来的
那黑黑的罍，就是暗夜指给人间的守护神

起于民间，渐生翼翅
带着薄脆鸟鸣的混响
晕染过水墨的罍
多么像先民黝黑的臂膀
你有华夏族人的亲淳和朴厚
内敛时是粮食和水，外向时是酒

你们曾率先合成新石器时代的两只脚
你们抟土就是号角，涛声即是和声
你们生来沉实，混沌而有骨头

所以我相信，上苍给予神兽的獠牙
其实和面壁的达摩是一样的纹理和血统
我相信你黑陶浓缩的底片上
仍可以还原出心中的菊花黄、葡萄紫和榴花红

---

① 罍（léi）：古代一种酒器，也可用来盛水。多用青铜或陶制成。口小，腹深，有圈足和盖儿。

架屋河

在陈庄，如果平原
把自己豁一道深深长长的口子
东西走向，那就是架屋河

架屋河边，小路是村庄遗落的带子
篱笆是村庄翻茬的须髯
多少春耕秋种里，颤巍巍的老房子
长出腰肢细软的炊烟

我决意以星座来为你们命名：
牛郎星、织女星，花开北斗
你们各自，占据一方好水土
我结圆圆的小花鼓，你开红红的小花
粉嫩的口唇，举起朝天的喇叭

复　姓

沿着经纬线
数不清的大雁，在命里觅食

适当的时候
他们会把一个三角洲
装进嗉囊带走
那时候，会有数不清的三角洲
在他乡横空出世

看啊，涟漪所到之处
领地空前
我把云头压了压
我拍了拍翅膀

艰难的三角铁

在东营，这里的海不开花
只是把一床又一床的大棉被
向天边铺开
落日如滚雷
那个在海风里白发翻飞的老妇是我们的母亲
那些挖沙蚕脸膛紫红的女人是我们的姐妹
她们拖着沉重的网袋
仿佛拖着一片大海
在海边，她们与一条河流交换密码
她们替几十岁的老槐树在打尖望风
直到一群人，在逆光里走成剪影

这里的河，定然没有浮夸的叫喊
只在从容中生出静，生出一颗扑向旷达的心

你们说，一条河沿着时间和空间行走的痕迹
可否算一个时代的浓缩？
我们无法留住一条河亿万年来的波光片羽
我们只能在一滴水、一寸土
一株钻出地表急着张望世界的青草上
去指认和寻找她

大风吹低黄河口

这是一个讲究排场的国度
白花花的苇荻，推进如暴兵
大风扬起唐人的裙裾和战旗
那么多威严的仪仗等在殿外
甘愿候场的鹳鸟，终是一拨又一拨

是谁，预设的舞榭歌台
让一只白鹳，翼下生风？
面对左肩与右肩失衡的大河
一座木质碉楼，在低处被扯弯了腰身
又很快被不明身份的流水带走
就像此刻此地，在黄河口——
所有的热血，都已经悬置成空
所有的鹳雀背着所有的大风
所有的大风正冲破所有不合作的笼子

没有谁能独自拥有一条河流，就像这个早晨
我只是抓住了一小块时间的鬃毛
那条大河就轻易地转过了身子

哦，我的黄河口——

这是一位从苦难中挣扎过来的母亲！

在粮米稀缺的年代，你遭遇过大风

在骨质软化的年代，你遭遇过大风

你看，那些触犯了条文的野草们

即使马上要就地伏法，却还要低下倔强的头颅

一跪再跪——

这全是因为：这些蒸不熟，煮不烂

又无人能把控得了的，大风！

寻槐花不遇之断枝篇

我知道我来晚了
一场浩大的花事，曾经在五月隆重上演
而如今，当飘落也成为过去时
成群的冤魂游过你我的旷野
一片一片，都是心碎的证据

我知道我错过了什么
你炫美的花季，你恣意挥洒的青春
静默中痴痴地等待
带刀的蜜蜂来过，撞过桃花运的蝶来过
只等得千帆过尽百木峥嵘
徒留五月的风，收拾一地碎玉的骨骼

过道旁，在一根折断的花枝上
串串失水的槐花挣扎着
折翅的天使，哪怕耗尽最后一息
也要告诉路人——
她们，也曾经千娇百媚过

王硇村：古老的爱情是石碾上的青苔

六百年磨皮，六百年包浆

六百年涂阳光的釉彩

你门楣的口红，窗口的排排长睫毛

都去了哪里

蔷薇花新的火焰在古墙上烧起来

红铜大门和老人酡色的脸是真实的

耕读传家的人啊，你们还是

把自己装点进碑廊和石刻

白墙谢了腮红，正如天公和地母

仅靠血肉维系古老的爱情

倚杖东篱，直到石窠里的葫芦熬成瓢

熬成一窝飞絮。就在这里住下去吧

东南缺一，伸曲自有法度

河流和山脉各司其职，草和树长幼有序

生个儿子叫燕山，生个女儿就叫杜鹃

这院落石阶，石上苔，瓦上草

送走了一日又一日的太阳和月亮

再把一茬又一茬的你和我送走

立春书

立春率先出发了，领着 23 节旧车厢
只是北方太沉了，车那么慢
太阳先是把冰面磨薄
河的身子才慢慢鼓胀起来

似是草鱼最先得到指令
他拽紧阳光的翎羽
那么多的箭，贴着河面在飞

丰腴的土地是世间最宽厚的神
她分时序放出青草、牛羊和庄稼
她是树木藏在地底的那部分
蓄满最久的时
和最远的空

蹲马步的麦子

离端午还远呢
农人们就开始磨刀
看来，初夏的拉网行动就要开始了

布谷们拉拉杂杂地合唱和对唱
也寥落一阵子了
还是下点细雨吧
要不，麦垄上的打碗花们
会走出民间，久居的麦子们也会魂不守舍
日晒五月，一日一卦
还真是：麦子们再有耐性
也架不住温柔的小南风一遍又一遍抚摸
他们一夜之间全换上黄头发

剑藏于匣，而锋芒是关不住的
父亲的镰刀也开始跃跃欲试了

其实，父亲是不忍心把麦子们拦腰斩断的
他老钝的镰刀就是痒痒耙
他先要挠一挠麦子们的脚底心呢

他拦腰拢一把，淘气的麦子们就往外挣一挣
这样几个回合，他们就乖乖地顺在父亲怀里
父亲用新鲜的绊绊草绳为他们扎腰

用不了半天，看啊——
多么敦实的一群胖闺女胖小子儿
他们正蹲着马步，整整齐齐地站在
河边的大平原上

豆田：九月的油画

有豆科盘踞过的地方
就曾有蝴蝶翘首以待过。只是如今
你腰揣紫色信函，又抿紧了怕漏风的嘴巴
种子们千万次的轮回里，你在人间
看见了什么？

缀满明月弯刀，也不见得要做侠客
只是这一身行头
足够遮掩那些内饰过猛的圆融之心
当一场雨中的还魂术
让所有的人间情事，花非花雾非雾
谁又能猜出，这被四月设计
又被五月主持的道场，来自哪一缕水墨？

中间那些黄杨们能织出竖条纹的家织布呢
九月的画笔轻轻一抹
黄油画与绿镶边，正谁也不肯服输地
沿着大河岸可劲儿地泼洒

湿地之新鲜的爱情

所谓湿地，不外是
一条大河，赶赴与大海约会的路上
中途遗落的子嗣
一汪小水洼就是一个弃儿
在黄河口，勤劳的东营人引黄河之乳
使他们远避羸弱和夭折
直到他们，能独立占据一方水土

看啊！芦苇的箭镞当护院
流水的城池做围墙
直到旌旗猎猎，他们便向世人宣告
那不容侵犯的疆域之广

在入海口，每天都有新鲜的情事发生
蝴蝶们自然拉拉扯扯，扑闪到花丛中
去经营私密的洞房
那两只白鸟，正互相打理着彼此的白袍
还有黑斑点的脖套

一棵老树端坐在夕阳里，他什么没见过

鸳鸟们在河心摇桨

日子一久，便生出了恋情

与一枝芦花谈谈寂寞

千万株芦苇
向着天空这面大镜子，刷呀刷
刷得鸟儿们一个劲儿在苇丛中躲猫猫
刷得云儿们在天边堆起了棉垛垛
天空这面透明的大镜子是你们刷蓝的
入海口的大地毯是你们刷红的

当秋风擎起你成片的小扫帚
却扬不出瓷实饱满的籽粒
镰刀一次次架在你腰间
却迟迟不能收割
自上一世，从《诗经》里斜逸而出
你就被纯天然的忧郁包裹

君临一池秋水，不为揽镜自照
一顾弯了腰，二顾白头翁
你有响彻天地的大寂寞

其实我和你一样
于此生，拔节只是偶然
衰老和谢幕，却是必修课

城市里那些会走的庄稼

走进城市
这些挣扎上岸的鱼
种植钢筋水泥的庄稼
却常常承受着被刈割的命运
那脸色紫红的可是妹妹?

她们早已把玉米的宽袍大袖收起
把高粱的前身、棉花的前身收起
把悬停的翅膀和代表身份的腮藏起
把土腥味的乡音与河流的胎记藏起

她们番茄和苹果的圆脸
已磨蚀成尖辣椒和黄瓜的长脸
在城市的褶皱里
日复一日地损耗着自己

一只灰鹤的难题

一只灰鹤在试图起飞
身后拽着后天的绳索

灰衣的勇士，你从哪里来？
鸭绿江还是沱沱河？
你要到哪里去？长江还是回雁峰？
你从你的世界，撞到我所在的人世
从一个虚设的牢
进入另一个死地

一只灰鹤在反复起飞
身后，拽着挣不掉的绳索

旁边，更多的同类在争食饲料
它们习惯了人间的牢饭
和大多数的我们一样
陷进生活的泥淖，却忘了那副能飞的翅膀

小镇女人

注定饱满，枝叶披拂
注定被移栽，被掏空皮囊
她们是女人，是被性别和风俗
界定了的物种

那时，兄弟们镇守家国
姐妹们历天下刀兵

这是终将被连根拔起的一群
先是父母亲的臂弯
后是自家祖坟
再被点种进百家姓的冢

槐花：仗剑的女侠

在孤岛，你会看到槐花

你看，迎春花哀怨地举着变绿了的手臂

昨日黄花不再，好节气兀自悬空

夭桃可以借绿罗裙的掩护，膨起鼓胀的小身子

杏子们更知道，出墙与不出墙

珠胎暗结，早已是不争的事实

唯有槐花，拥拥挤挤地

摇着五月的风铃，佩环叮当

在孤岛，你定会认识槐花

在绿色领地上开疆拓土

以触须小心探访来路不明的风

你终于知道，这世间

依然有一群纯白的女子

用以柔克刚的方式，来收复失地

轻些呀轻些

请勿惊动了一园子的花事

这中世纪的女侠，这佩剑的鲍西娅

她只是深藏不露，有世人难得一见的春光

香山：香气的配方

她们石头一样有序而自守章法：
蔷薇是拓路的使者，槐花出其不意
凌霄花占领制高点主动出击
花椒的香是暗送给山坡的
这个季节：牡丹衔恨去，芍药正含羞
这些隐居山间的闺秀
都有一双石头的马靴

在盘山路，我们被尘世所弃用
作为看花人，又被花们围追堵截
这是谁大大咧咧，咧开妖艳红唇笑得最欢
当我们把玫瑰都错认成芍药
肯定有人伤透了心
多少含苞欲放的情愫就此封存

樱桃不靠香气
这些小家碧玉，自带灵气笑容甜美
把满山红宝石搬上树的人
肯定是我们的血亲

墓地·父亲

我正顶着秋天 一面浑浊的镜子
我正走近你，踏着秋天的遗骨
我是说，我正走近你的穹庐式土屋
你依旧瓦蓝的天空
还有你墓碑上依旧鲜艳的烫金隶体
是的，我正走近你下巴上的一丛白草
和你后背上一片紫色的淤泥。我是说
清明未明，我和我的悲伤
已步履蹒跚地走近了你，父亲！

你肯定认出了我——您的女儿
作为你留在世上的最后一抹花香
一粒卵石，我眼里的白水晶在天上
正重复变幻出魔方的形状
我知道你此生最大的期许
可是这么多年，我竟然还不能
把自己打磨成廊檐上一支像样的椽子
我只好，先把自己伪装成一粒不起眼的钻石
你知道，她还不到发光的时候
可总有一天，她定会将世间最清凉的海水
全都折射给你

一朵轰然炸开的菊，在尘世里舞蹈

必须有一个风姿绰约的名字：簪头金蕊
必须有一个活色生香的季节
专为你值守一个成人礼

是菊吗？恍惚过了这么多年
这些宋朝的士子，一群一群
似是一瞬间，就从地底下冒出来
他们摇身一变，青衣布衫无处可寻——
有的披件红氅：估计是高中榜首的状元郎
有的戴顶金冠：可能是黄袍加身过的君王
这位仁兄，已红得发紫
是过气的元老？
还是靠韬光养晦过活的重臣？

莫非，一个地下的册封仪式刚罢
又把上朝地点，挪到这地表之上？
哇呀呀，这是多么大的阵仗：整个十月
一座城，全被一个叫作菊的部落攻克
河滩九月，瘾上明黄的毒
一朵朵轰然炸开的菊，在尘世里舞蹈

槐：一曲纯白的颂歌

君子求美，示人以馨香
你却用一根根刺，做了香囊的佩剑
它们，是你花香里的骨头

而事实是
你用白玉的风铃，配以青铜的铙钹
执意去闹醒梦中的小兽
春天里婉约的槐，是在用香气引领
一曲纯白的颂歌
她不妖冶，不色诱
就那么
纯纯地白着

作为春天的未亡人，我自知罪孽深重
你竟不知：你这无辜，其实才是
最致命的诱惑

以落花之名

依然是那一朵小黄花

你藏起了行踪，又以五片花萼的形式

躲在青草的腋下

你等了这么久，亲爱！

我知道你一直在喊，怯怯地喊

泣血地喊

秋风，在不远处巡视

这令高处的树木有些警觉

你瑟瑟的眼神抖落一地惶恐

白露与秋霜，终要将你斩杀于无形

一定有什么，是你预见不到的

要不，春风暗度夭桃

为何连你的绿裙子也一同藏起来？

一定有什么，是你想急切见到的

要不，一年的时光都等了

为何，偏在秋风里把黄黄的头发甩出来？

亲爱，你是要以落花之名

为谁飘零？

槐花：信使

是一束风信子

鼓起春风的白玉喇叭，告诉你：

桃花开过的消息

麦子灌浆的消息

布谷春归的消息

是呈梯队的玉蝴蝶，甩着长长的辫子

伏在春风里

醉了，自举白玉的杯盏

盛春天的老酒和盘托出

对雪藏了一个冬天的心事

却绝口不提

民丰湖

再蹚几个滑步就是大海了
再紧几脚油门，就把自己领进纵深

一条河在湖里行走
你看不见一条河在湖里行走
涛声还给胸腔，根须还给石头

沙石不在她的跃动而在她的悬停里
流水不在她的圈养而在她的自我提纯里

但是你懂的：谁予你养分和钙质
你必将奉给她不朽的盐分和骨头

不远处，万亩葵园的黄金镜面
与万亩荷塘的粉衣绿裙们，用手语沟通

这是，你目所不能及的混响——
波涛不在她的癫狂，而在她的静影沉璧里
堤岸不在她的自戕，而在她的日渐丰盈里

走过《诗经》的黄河

在北纬 38 度的东营，在黄河母亲的国度里
我要做一个不规矩的牧人，逆流而上
须先安置一柄芦苇，把我的乳名种植于水边
在那黄黄的册页上：放牧流水，大于放牧羊群
舒缓的水墨丹青，自我的鞭下恣意铺展
此刻啊，鞭子就是笔，是调整了制高点的一支笔
斜刺里不拘于偏安一隅的一支笔

我还要在河边置下营地，在地皮紧俏的年代
趁热打铁，建半地穴式的房子，冬暖夏凉
下一步，我要把房间收拾成旷野
让它，像我来这个世界之前一样干净
我边享用着半坡人的小米粥
边试着挤出农人骨骼中经年的霜雪
和体内带刺的冰凌

一路上，我更要收集坎坎伐檀声、浣女的歌声
收集关雎们默契的和声，柏舟边流水的爱情
我还要提醒自己：爱上一株秋天的芦苇
就是也爱上他风中的寂寞与疼痛

草鞋记
——写在《共产党宣言》纪念馆

从青纱帐里走出的人
深夜里凿石头的人
今晚他们在一穗苞谷皮里会合

为了隔开风，他们就拉下雨的帘子
他们手里攥着的，要么是一点亮光
要么，是弹药和口粮

挥着锄头赶狼的人
油灯底下纳鞋底的人
都是些逆着风雪在暗夜里找航线的人

他们从大片草窠里面走出来
他们穿着一双双草鞋走出来
过五岭走乌蒙，飞渡几条江河
一步一步，把自己带到大会师的队伍里来

丝绸志

——请让我唤醒：安眠在白丝绸里的姑姑，乔

一

夜凉如水

你可以，借助一杯红茶的掩护

听我在一部线装书简里，抽出一段唱词

老故事没有子嗣没有近亲，就像这故事里唯一的女人

和她中年的断代史

此刻，炉火的微光里有跃动的紫蝶

紫檀木妆台上，有低语的蛹

二

这第一页，她说她生来就是带电体

直到有一天，她的心被一个鲁东男人无端挟持，已久

在每日噼噼啪啪的对决中

灰烬越积越多，柴火越剩越少

第二页，她说人间太冷

为了取暖，只得烧掉头发
之后就是四肢和躯干
"要抵御更彻骨的冷！"她看上去很决然
似乎在卷帙之后还有一个勤恳的刀笔吏
代替她值守这些发言的有效性

三

第三页，她说此时不宜再靠近一条有历史遗迹的裙子
尤其是绣花的白色丝绸
她说在这个持续溃烂的星球上
连空气都成了滋滋冒火的障眼法

第四页，她说她早就知道，世俗之人都有强大的好奇心
"定会有人沿一条线装的暗道，打探红酒幽冥的内心。
他们按图索骥，并将满足于俘获花边消息的狂喜。"

四

你终于知道
我何以恨这高脚杯和它包藏的祸心：
一定是那时，姑姑这个受了蛊惑的孩子
撕开精细的包装
"哗"的一声将自己抖了出来！

在生之断崖，她藏起百合的泪水
绽成一朵血色玫瑰
让那些刺，重新回到血和肉、泥和水
回到母亲艳丽的子宫

五

此时人间已现异象：
在电视新闻的发掘现场
两粒相爱的种子，正彼此用雪白的叶芽
紧紧相拥在同一颗果核里——

其一为女，覆白裙的残片
你见过的，曾经很纯美的白丝绸
脖颈处合欢树种子的项链，嵌绿琉璃的丝绸吊坠
那敞开的荷包，恰似他们被流水带走的
空洞的眼眸和被思念伤害已久的心

抱紧她的，是一男子
厚重的下颌，紧贴着对方的额头
看上去，他生前有着宽裕的生活
以及修行阔大的心胸

六

忘了告诉你：
那线装的第五页，是一句判词：
"必将存贮这逐日变旧的面皮，
为的是来世与他夫唱妇随。"
此之后，就是遥远的空
与一页页绝世的白

当然，如果细心，你还会发现：
从遗留下来的墨汁里，正渐次显现出这样几个字：
"这是一个女人，用一生书写的，
一部持续流血的断代史。"

卷二　偏执的鹤顶红

滚石日记

早晚有一天
西西弗斯会抱起这块催命的巨石
甩向山崖

那些纷纷跌落尘世的碎片
就是我们——
锋利的、弧形的、多面体的我们

画外音

——献给在文字里泅渡已久的姐妹们

这么多年，你一直活在别人的脚本里

并捎上自己的泪水

青衣，最是你躲不过的一劫：

为了窦娥们，你不得不一次次受冤、赴死

让六月飞雪

作为一个形而上的裁缝，一个不及物动词

紫色的凤冠里有你延滞封后的咒语

明黄的蟒袍里是你日渐垮塌的山河

而你依旧在一出出悲喜剧里，用心血练习布景

追光，自左心房的廉租房打过去

容颜，在右心房的地下室里慢慢枯萎

流血的经史多么无辜

你还要提防那些被你伤害过的戏中人物，回来讨债

担心，这些不得不面对的画外音

争先恐后，在逆光中

将水袖里的暗箭，一根根甩回来

玄武记

丹娜说什么也想不明白
自己胸腔里珍藏的两块惊堂木
一块死于纵火，另一块陷入盘丝的局
你可看见我硕果仅存的兄弟
鼻翼上抹着白粉，被空投进高高的看台？

退潮就退潮
玄武岩也会年久失修
兄弟们围栏而坐，总会有一瓣生出新芽
或者陷入尘世枯萎

这边楚河上有人刚操起崭新的洛阳铲
那边山间，就堆起苦艾的空坟

瓦缶说

不。我早已习惯在你们眼皮底下生根
不只是一日胜过一岁的这日子的刁难
是生长出新的叶芽如手臂
并把每天思维的根须
一览无余地呈现给世人

不！我要回到我的瓦缶里去
寂静安详的侧影，代替刺目的光照
我终将在那里浩荡地出生
头上晃动着抵制这个世界的旋涡

大觉寺的钟声

我来，不是见证

在大觉寺，就是要打开内心的枯井

放出豢养已久的青苔，将满目春色铺开

渺远的钟声里，一只不甘落入尘世的蝶

正虔诚地对一株紫荷叩拜

泥水匠们正以立体的思想，黏合这隔世的水土

而这尘世，仿佛正有人觥筹交错

唯有你，正默默衔起一圈圈紫泥

为漂泊的魂魄，筑起新家

如我等凡夫俗子，来大觉寺

不为不撞南墙不回头的执念

只是要靠一靠这钟声里葳蕤的青铜之气

把自己被锈迹封锁的铜

从禁锢的皮囊里解救出来

加一把明火，把自己煅烧

再把红尘俗世，泡成一壶淡淡的工夫茶

你看到了吗？那枝晚清的藤正悄悄探出身来

中空的竹子们，再一次把自己倒空

你要找的人她早已不在
——观电影《罗丹的情人》，给女雕塑家卡米耶

你体内的春天，是一瓣一瓣消亡的
你把自己分解成了上帝、女巫和泥水匠
最后，却成了一个溺水者
其实，你不过是在石膏和泥巴里
营建了一个个死穴，卡米耶！

你用血液掩埋骨头里的爱人，这终归是徒劳
你给人间的背信弃义
找到了新的寄主，直到死
你竟这样处置了另一个孤苦伶仃的你
我亲爱的卡米耶！

来吧，西尔维娅
不，还有杜拉斯，你们要替她活下去
替金麒麟和铁布衫
替山河破碎的爱情。那座塔楼已经重建
还好，我还能捡起心上掉下的石子
替你放进，暴雨之后
刚刚垒好的院墙

用一把紫砂壶把春天装满

谁面目冷凝，仪态娴雅端庄

谁要在这可弹可触的微光里

蓄满几个朝代的文火

我来，不是寻芳

是来寻你的一川烟雨

寻你静默在旧影壁里太息般的眼神

和时长时短的花期

没有借一袭素罗衣，来拒人于千里之外

意到形到。在肉身之外，你以佛陀的兰花指

按压住雷电水火

自有人把软塌塌的山水植进古窑

析出骨头的硬和流水的软

层叠的碎陶里，到处是散乱的章节

筱王村啊，你竟然成功省却预热、烘焙

直接冷却为风尘满布的册页

今夜，在你落户七千年后的一个具体时辰

我终于触到了你，并重新续接上

你紫色肌肤里的明火与盐粒

就那么圆润着、光洁着吧

电光石火的一瞬，你竟走过这绿水青山

时间深处，一部完整的西渚^①

静待发言

---

① 西渚：传说范蠡助越王灭吴之后，携西施定居于宜兴一段时间，并成为此处的兴陶师祖。

春天，给你——

春风在泼墨，蝴蝶在题款
迎春花的瘦金体撑起山水的围栏
L，你可知我放出的燕子，正为你
衔回整个春天？

你可知，这硕大的山水册页上
有人借三千奇峰誊写心事
春雨皴擦，松枝点染
淡墨起群山？

是的 L。雾会留白
紫叶李咬紧牙关
我有一座山，四时落锁
血色桃花，绝口不提
曾为你发言

红娘外传

开始，他们只是在请帖里给你涂胭脂
在粗布衣外，给你穿丫鬟的衣裳
于是你的手眼身法步
在纸上跑得飞快

但他们有意窜改你扯出的流水唱腔
为四平八稳的慢板
于是你步步惊心，从矮凳上
一点一点
蹭到了八仙桌旁的太师椅上

最后，趁着夜色
你果断涂改了自己丫鬟的出身

一株榆树的表情

一个人，胸腔里裹着初夏的蜜语和雷声
一个人，蹚进一片碧绿的海
高音喇叭里输出的，是蝴蝶们字正腔圆的爱情
槐花们苦心孤诣设好的局
兀那梁兄，却没有来

一个人一闭眼，便被推进一盘挣也挣不脱的棋局
城池，被众多的野草越抬越高
万里江山，用无边的绿将她围剿，可是你没有来
一株不合群的榆树
带着天生的水土不服，深陷自己的旧病

那些纷纷沉降的白色翼翅
可是一夜哗变的纸钱吗
可是谁能理解，一棵被众星捧月的榆树苗
久远的孤独与悲伤？
只是啊，一棵榆树的词典里不能有哭
她必须绷着，就像这个清晨
每一片草叶上都噙着一滴泪
却隐忍着，没有哭出声来

我在西渚等你

一岭青山，是谁日月长新的蛾眉
一池碧水，是谁明眸善睐的眼睛
九月的西渚伴着梵音遗世独立

范兄，别来应无恙！
今夜，请让我用这干净的湖水，去舒展你紧皱的眉宇
响屐廊、吴王剑，早已随乾坤倒转
世人说，昔日浣纱沉鱼那人，如今早已不是
会稽山下那株干净柔软的水草
他们忌讳这扁舟，甚于躲避瘟疫
唯有你，范郎——
偏识吾这天际归雁啼血的心！

碧林兮修竹，摇曳于水边
一壶烟雨，泡软了古埙里的长相思
一杯悠远的竹叶青，刚好漫过这碧水青天
施氏女子有良弓藏剑气，弹得棉花一世银！
遗恨年年啊，范兄！

奴家即是：日日寻蠡河弄扁舟的那个人

自鱼嘴里取出鱼线的那个人
是用西湖的眼波做妆镜打捞水面的金叶子
用满船人间的星辉引燃内心火苗的
那个人！

楹联们

楹联们从来就是伉俪相携的标杆
其不离不弃超过任何一对鸳鸯和青鸟
他们互守平仄心音相投
自觉用对仗作为彼此忠贞的守则
他们从骈文、律绝中独立走出
从短对句到长对偶，一天天壮大

在西关西街，一列列端庄肃立的，不是廊柱
是城市红装、桃花面和脸上花黄
高门大院或者里巷市井，他们从不挑剔
千门万户与之前世有缘今生相逢

这是少有的谦谦君子和温雅仕女
古老的契约永远只约束自己来向对方靠拢
我震撼于这样的默契相守与进退有度
他们扎进历史根深的冻土层
他们仅凭两只脚，就走遍天下！

譬如古陶

一只古陶的内心，是不能轻易打开的
该历经的淬火，与人间的烟火气
她都已经司空见惯

所以，宁愿只是城门失了一把火
却没有来得及殃及池鱼
因为溃败，是迟早的事
在一场与时间的持久战里，我们都不是胜利者

她说她要进入一场史无前例的潜伏期
她说她本来就是一场史无前例的潜伏期
一双温润的手，已经去了下一个时空

她只想盼你，重重举起的，轻轻放下
如果多年以后，你能够到她虚设的墓前
如果你能够为她念出，终生都没有说出的
那半句禅语

黑泽明之夜

我看见骑风的小小孩童，如我
在巨型滚木中间穿行
她小小的余生，就要浮起来
可她身上，每一滴露珠和树叶
都在长

倒春寒

怎样让一树雪从北方农历的三月
走下来，在零下六度的棉服上盛开？

海的冷雾与春风有仇
活该在花事妖娆的季节
空顶一圈人造的花环

生命的道场有弥散消失的星辰
而身后一片空蒙
这多么像我，父母已去另一个世界
仿如那束无法回头的射线

我们都被这个世界
切断过后路

田亩辞

我们都走在向海的路上
在低处，冒着微不足道的泡泡
每一滴被梳理了流向的水
在某一个不可控的时辰
不小心叫自己冒出来
把爱冒出来

细水磨砂的镜子，常拭常新
开疆拓土，那只是蛙们的无聊事
就如舜帝之前躬耕的乡间田亩
到处是阳光洒下的金叶子
透过一粒沙子的瞳孔
我们看到了一个世界的光

世界有一刻也会安静下来

在钟表店，空气也会被指针分割
分与秒，锱铢必较

谁在试图控制这个外圆内方的世界？
谁在试图用三只脚一起进入一场有序的轮回？
谁在我们心脏旁边
放置了一个随时控爆的按钮？

哒……哒……哒……
这些调皮的小蹄子在排演踢踏舞
我们忠于职守涂抹生活这张无备份的唱片
可当你按一下擦除键，我们就彼此失联
你看到的幻影，会成为我们的哪一张
阴晴不定的面孔？
远方的蝴蝶，用最小的触须
要撬动一个国家最细的那根神经

可是啊，在这面圆形跑道上再怎么腾挪
你和我，都逃不出柯罗诺斯①的绿手掌

---

① 柯罗诺斯：希腊神话里的时间之神。

乖，阿黛尔
——阿黛尔《爱恨交织》听后

早晚有一天，你会发现
那些飞向世界的碎玻璃
还会带着自己的血迹折返

你会发现你的血
已成为毒，被鸩喂养
一把刀锋刃渐失，它早已不能
刺痛层层包裹的内心
原来苍老也是一夜之间完成

乖，阿黛尔
你知道，能铰碎你的人
绝不是真爱之人

一杯茶的前世今生

她相信你是记得的
如在梦里，持续发酵的叶子
被挡在上一个隘口
——一把倚着青花的白瓷壶里

如今，她只在小小的高脚玻璃中
兀自澄澈，安然如处子
不要问这样的阵势已对峙了多久
更不要问，是谁兼并谁的问题
你当明白，这世间难有真正的折中法则
所以，当柔软的花瓣自杯沿轻轻落下
她一点都不惊慌

作为一杯前世的红茶
她只想告诉你：
如果这一刻，你真的一眼便叫出那个人的名字
她定会说——
茶凉了，续与不续
都已经不是问题

稻粱辞

生命的主场都是水

当我们剥开身体里细小的枝条

剥开每一个生物车间传送到脑中的水的指令

剥开准备颠覆这个时代的梭镖和靶向药

我们会遭遇细密的栅栏

可事实上，我们都在体内织网

用一些力不从心的唠叨、油腻和旧菜叶

你不领舞，世界这个小剧场

就会死一般静寂

春天的火车太过矫情

开着开着就迷失在了花海里

亲爱的，这多么悲惨啊

卸掉盔甲，卸掉体内的泥沙

我们不得不再一次把水弄浑

火车根

你把自己伸进一片黄土
伸进一片辽远的虚空
这多么好

张夏①，你用长长的双脚在走
青山为你壮行
几百岁的法桐，为你打尖望风

此刻，自我的黄河口
我这朵离家出走的浪花
可否在这倏忽而来的夏之氤氲里
再看一眼驻进我命里的人

可春天的火车太过矫情
开着开着，就迷失进了一片花海里

---

① 张夏：山东省济南市张夏火车站。

生活就是红豆包

假如太阳肯下聘礼

又何须把一轮皎白的玉璧

镶在夜晚的黑丝绒上

当风雨都已倒戈

旌旗空摇，无异于剔骨饲虎

无异于一个已逝的王朝

抱着复辟的春秋大梦

于是有人策动你——

让嗜血的佩剑在月色里磨得飞快

让长发根根都变成岩鹰般的黑鹊

让断肠草们，各自找一根救命的梯子

赶紧还阳

可是好望角只剩一堆白骨了

那些断臂尽随木马流失

你看，多数时候

命运的黑袍只是把雪白的里子朝外

但黑羊白羊，它们永无休止
不要蔑视这无尽的生之往复
生活就是苦乐并举
香甜可口的红豆包，正从蚂蚱们的复眼里
鱼贯而出

失眠症患者

一群面目模糊的羊
再次被驱赶到夜晚的黑屏幕上

她们在想，黑夜同样长着一双空洞的眼窝
那深不见底的地方
是旋拧不息的风暴眼

黎明前的那束光，力道越发遒劲
厚厚的长夜就要被它钻透
可与黑夜的角力又让她们功力大减

于是她们再次按了按被凝固的黑
挤痛了的头顶
和那双看不见的长犄角

春野·桃

在故乡的黄泥地里，一株一株
骨骼嶙峋的老桃树
那是肤色黧黑的老父亲
守着穿粉红裙子待嫁的一群小女儿

那是一群守财奴，战战兢兢守着金子
一垄垄青筋棘皮的生铁
静待着火神

我是春风留给这个世界的最后一笔债

院墙上牵牛花的含粉拥翠
与院墙边老榆树的瘦骨嶙峋
这是不是夏天的两个立面？

院外的枯柳被购树者连根移走
我的父亲母亲被毫无征兆地召回天国
这是不是冬天的两个立面？

是的，春天陆续放下的债
秋风都将一一索回

我知道他们还会丢给这个世界
一个浑圆的念想
最后再把我，连同胸中丘壑、千千结
以及深埋过的爱与执念
一并收走

现在，我是春风留给这个世界的
最后那笔债

牡丹祭

时令暮春
迟来的看花人染上迟暮的味道
可是牡丹睡下了，一刻也不等
哪怕是向我们望一眼呢

这流落民间的奇女子
《神农本草》① 里的王牌
武皇都拿她们没办法
在香山香香的衣褶里，我们又能奈何

好吧牡丹姑娘，你睡你的
春天忙春天的
我们失望我们的

下一季，愿你能陪我们一起
排世间瘀堵，安方内心神

---

① 《神农本草》曾记载牡丹的药用价值是清热凉血，活血化瘀。

玄幻辞

我们是涧底的啸音

我们是很早就练习的幻术

我们本可以是成集束的如人间掌故

汩汩涌出

我们是彼此眼中的新景观

泉之汇聚，塔之高瞻

尺水能兴波澜，都是真功夫

可它被马蹄声、驼铃声堵死

被午夜的喟叹堵死

我们只能用祖祖辈辈的菩提之心

养一粒玉

比目辞

你们，多么像不期而遇的两阵风
彼此纠缠，又快速抽离
冬去春来，那一抹刚露芽的绿
却死于意外的霜寒
两株槐树的春天，不是彼此献香
而是用刺，彼此留白

可你们占领的河湾
并不因是在梦里，就偃旗息鼓
两株车前草
面对这长满耳朵的世界
只会让嘴巴，越拧越紧

终于，你们学会了自剪双翼
终于，你们掌握了死得其所
这门古老的艺术

你欠我一场盛宴

没有人叫你启封。这河山
如此突兀，说打开就打开了

你手握莲花，你红艳
没有人怪你，就像
没有人怪罪这被反复修改的山水
和这粉饰一新的世界

没什么不可以
在东坡和佛印中间，你选择一种生
在风和雷暴中间，你选择一种死
你终于看见：
文字里的江山，都带着血色

冠冕辞

从开端到结局，起承转合
所有的故事，在尾声里
会淌成一条平稳的河流
一个人，可以是另一个人的编年体史书

只有在舒缓的中老年时光里
逆流而上，才能回到一条河的童年
向前翻动的史书，越过荒草中翼翅下的瓦当
翻到目录前那一页
那里有他最初的襁褓

树越高，冠越大
越要占尽天光
可惜冠盖奢，风必摧
这是一套不成文的林间法则

当你看到一株草芥，躬身向深处行走
请相信事物自有其法度
他深长的根须会把泥土抓牢

泼墨记

我是说我们
身为两排平行的栅栏
却时常陷进无边的红尘里

麻雀们又在撺掇一场免费的午餐
霓虹眼神暧昧
人流都涌向打折区
面对高速行驶的车子，我们眼神忧郁
并担忧春天和花朵们，会突然染上霜寒
深灰色的我们，把郁郁葱葱的绿
泼到山脚
就这样一直对峙，亲人

你有白色纤绳，自起点到终点
我有浅蓝的抬头纹
横亘在地老天荒

海 棠

海棠一般是在院子里等我
修饰一新的纯白或粉红
藏在皮肤里

而这一次
春天，成了一场持久的拉锯战
海棠在坐等一场大雪
但不说话

梵婀玲①，请接住这场了犹未了的洪水
——听小提琴曲《梁祝》有感

序曲

就这样，青冢里的一对冤家：一个金黄，一个粉红

他们，正合力向世界徐徐打开，打开他们自己的往生之水

1 她

这弦上波，说扬起就扬起了

亲爱的人，为什么在最溃败的枝头

你才轻声唤我

2 他

我知道，你就在河对岸

那些不驯服的青草，割了长亭又起短亭

我早就知道这条古老的通道

知道一片南风，正路过这片月之泽国

去赶赴一场关乎楼台的约定

---

① 梵婀玲：即小提琴。因英语名 violin 而音译为梵婀玲。

可又是谁，提前为我们布好了这么深

这么深的死穴？

3 琴弦

青冢的大片雾气，依然在梵婀玲上起落

那年三月，草长莺飞

牵过你的手，转瞬成暮色

十里长亭，只记得手心相向的疤痕

4 她

可是我爱，请忽略我！

忽略我忽明忽暗的桂花香气

忽略我翅膀上暗藏的水流

忽略我眼中即将熄灭的明火

忽略我精心为你铺设的春天的絮语

忽略我因为你而仅存的绝望的幸福

琴弦哀婉

琴弦肃穆

5 他们

"宁愿用一生的水

去换回这三载一滴滴流逝的日子。"她说

"宁愿用一生所吐出的丝线，

去为你缀满这一身霓裳羽衣。"他说

6 她

于是我们计划一场逃亡

你甚至断言：在午夜之前，必将有个人

安眠在你皮开肉绽的花柄里

可此刻，我已被双手反剪

我的羽毛，在绳索上霍霍燃烧

可是梁兄啊，你何时策马北上？！

不要战旗猎猎，以及鹰眼中折射出沙和盐

只要这馨香

可是这馨香，能撼动坚执的马蹄吗？

7 他们

秋天了，雁字都折叠成书笺

谁还在暮色里培植莲花？

嗒嗒的马蹄声远去，谁驮走了你越冬的棉衣？

而今，和风送千里，故国已换上秋装
我徒有桂花的香气
却脱不掉被羽化的外衣

8 她

从一阵风声开始，从一茎枯草开始
从一个躲闪的眼神开始
从一声暗夜的呼唤开始
从一个憔悴的背影开始——
我爱，请记住我！
——从满屋子绝望的誓言，开始！

梵婀玲啊，请记住这一场未了的旷世洪水！
琴弦轰响
琴弦泣绝

9 琴弦

做不了马匹，就练习蝴蝶的飞翔吧
他们说，让我们练习蝴蝶的飞翔！

于是将前行看作一种预约
于是放弃了扬声器，放倒了桅杆
专心打磨翅膀上的水纹

让双足站立的姿势，更接近真实

10 琴弦

于是两片枯叶，携手走向深冬

她说："哥哥，雷声远了，你看天空多么晴朗！"

没等走上标本，他们的一生

就这样，被锁进了线装书里

11 他们

夜越来越黑了，娇小的鞋子已经磨好。

你会在沧海的对面等我吗？

山水都绿了，山水还是我们的山水！

"用下一世的水，去换回一滴滴流逝的日子。"她说

"用下一世的丝，去为你缀满这一身霓裳羽衣。"他说

12 琴弦

就这样，青冢里的一对冤家：

一个金黄，一个粉红

他们，正合力向世界徐徐打开

打开他们自己的——

往生之水

卷三　行囊里的蹄声和雁鸣

太行余脉之门头沟

我想我该去一趟黄草梁
我该去看一看我们的前世
是怎样还原成一根柔性刚劲的细草

我想我更该去一趟太行
沿着西山的脊梁骨，朝京都方向探一下身子
再一脚蹬进东灵山和百花山的胳肢窝里
挠痒痒啊，捉迷藏
并把那千年山妖，一把拿下

当寒武纪的种子栽进太行余脉
地老天荒的神话，就缀上文字簇新的针脚
同样，黄草梁摆好一堆山峦
就必须配上一条襟连千古的通道

这就是门头沟——
正所谓起笔在帝都，落笔在大漠
青山淡淡的一弯笑痕
京师长长的一撇

秦岭纪事之戈壁母亲

你嘴角皲裂，肤质粗糙
我在你稀疏的鬓角和僵硬的骨架之间
穿行。荒年不择衣
我看到你干瘪裸露的胸口
戈壁母亲！

在我的家乡，天公几日撒泼
"利奇马"斜刺里发威
庄稼和青菜在烂泥里挣扎
我惭愧，我无法给你捎来一截
家乡泥泞的大雨

此刻，我在祁连山北麓
旱与涝多么不均
此刻我的诗句里没有水
只是一堆怎么垒也垒不妥帖的乱石

向阳斜坡上，墓碑安详
我们这些逆行者，兀自伤悲

河西走廊笔记

造物主给你两山一河
就是让你一统这里的牛羊、牧草和庄稼
让你取名雍州、西凉
就是为了，让游牧的草籽大军
冲破秦岭所设的重重障眼法

凿穿秦岭的人
我敬你有愚公之长志，夸父之雄心

在这里
顺着牛羊的脚印，单于们走一趟
顺着佛陀的脚印，高僧们走一趟
顺着经石的脚印，历代信徒
一生一世，生生不息

塔尔寺①，众佛落座

在莲花山的衣褶里，我看见
满沟满坡的僧舍，如经卷打开
风借山势，一朵朵受过加持的莲
完成从瓣到蕊的整合

在塔尔寺，我看见毕剥燃烧的青稞
以身饲佛
我看见大大小小的酥油灯
都朝向众生捧出光华

金包银，银包塔
塔内包裹的，可是世代人心的温热

---

① 塔尔寺：位于青海省湟中县城鲁沙尔镇，占地面积 600 余亩，创建于明洪武十二年
（1379），得名于大金瓦寺内为纪念黄教创始人宗喀巴而建的大银塔。

悬臂长城

华夏西北的这一张盾牌
原来身后藏着这样一柄锋利的剑

它铁壁悬空，把半个你锁在石关隘口
困久了，那么多疖子
自祁连山冒出来
是的，你来自黄河尾闾的偏头痛
此刻正在发作

嗨，出了嘉峪关，眼泪就不是自己的了
把马蹄声和雁鸣装进行囊吧
验帖不能通关
你已是那虚与委蛇的刀客

嘉峪关记

月光杯盛满你那里寄来的水印
仿佛这戏台与僧侣早有指认或暗示过
反正青稞与牧草的持久战、阵地战仍在继续
你信不信，怀揣和平的小心思
就迟早会战胜凶残的杀戮

反正烽火台和南北的敌楼
都没有你来降汉的消息
夏风剪不断牧草虚晃的哀愁
看来骆驼刺伤人与自戕，都不是好兆头

当我抛弃这个世界
此刻又被这黄沙一寸寸找回
哪怕被长城的巨臂狠狠甩一鞭子
我依旧是飞不过嘉峪关的那一只孤雁

有谁知道驼铃的尾音里
有人正暗自想家

戒台寺

西连京都，马鞍上受封
这些历尽沧桑的屋宇，用皇家案底
为一座山，设下保护层

那些山字旁、石字旁的路基
有着水字旁的走向
旁边有土字旁、木字旁的土著镇守

一直以来
奏折和经卷们忙着进进出出
它们有时是京腔，有时
是王者炼金术

鹿门山：在一幅山水画里安居

汉水之滨，还有多少事秘而不宣？

一座山和一条河流平分秋色

白天，几朵白云挡住去路

几只闲鸟对着晴空绽放歌喉

夜晚，披一身汉唐的月色修炼

去击穿木鱼之身

心上落下的雨，被一片梧桐叶子接住

又被一群汉唐名士认领

你看，光阴也是有路径的

一方井台，暗留齿痕

莫非她不知道，用短暂对付恒久

是多么悲壮的事

她只想说，如果在时光中用心走过

纵是石头，也照样会刻骨铭心

有时候，我们真的可以慢下来

要不，遁世越久

就越容易被人间抹去痕迹

一轮金黄的月亮潜伏在井底

夏风偶尔掀起竹林的暴动
如真的傲视帝王，鹿门高士何其青史留名？

鹿门山终日打坐，满山的竹子都是信徒
山石沉默，溪水诵经
鹿门山终日端坐
一个硕大的象形文字
在一幅山水画里安居

雾中石林

一石锅热气腾腾的沸水
三千根煮不烂的石笋芽，你戴哪一缕轻纱？

群峰出没的领地
与神仙落脚的瑶池，你披哪一片云朵？

赶考之人用诗歌撬开天子之门
卜者借佛陀临门一脚险胜，你偏向哪一家？

鬼谷子弃鞋隐身，武陵桃源只剩传说
面对石头的笋柱、壁龛、达摩之血

你觉得，哪一样才是最刻骨的？

鸡鸣驿：一封寄自秦时的信函

顺着一声旷远的鸡鸣，铠铠鞳鞳
一个人，自石板路的那头走来

摘下幽燕长亭短亭，摘下散板和二黄
摘下京腔里的寒和暖
摘下我的顶戴花翎，十尺长鞭

我是那封寄自秦时的信函
我是一场欢宴、一纸诰封
一次久拖不决的刑前大赦
一场旷世恶战的药引子
我就是大臣或者草民的项上人头

马背上自立为王，山脚下自设关隘
脚下路伸展的地方，就是我要到的地方
偶尔，也会在阳光底下打扫晦暗的穴
六国烽火阑珊，我有望秦之所

茶叶皮草们从我左手递到你们右手
这是一个国家换血的地方

一个姓叶赫那拉的女人
抛却面子和里子的地方
当第一辆机车从华夏的黑白底片里开出来
这是一个国家助跑和起飞的地方

门脸儿与门脸儿的对白
从打烊过的店铺里铿锵的戏文里
寄送到今天
古旧的村庄啊，沿着你的血脉和经络
一个原装的我
将寄回你的那朝那代

哦，鸡鸣不已，空巷里有一种混响
我们的菜园长出征人的牵绊
你和我一样，四处觅食
再带着满身伤痛回来
久违的乡村如一只空空的蚁穴
干枯着眼睛，还在等

永定河：棋赋

皇帝置下的棋盘上
高处为山，低处为河
永定河的墨汁
就是皇权西行溢出的那部分

造化给你一副棋子
就必然指给你辗转腾挪的阵法
他们用命里的余数，植下一棵九枝的树
龙生九子，各不同
古旧的花穗，红颜白发
每一枝都是持着笏板的臣子
或者护法的真人

是的
一盘棋，有人看到了出征的机会
旋涡之上，有人找到了螺蛳的道场

唯丁香空结
老死在故国的御花园

在三峡

江水被囚，一段时间被潴留

上游冷风似刀片刺进疾驰的渡轮

像鱼争上水，我们在深秋里忤逆迟来的光影

有两岸高高的石壁护卫

有铁线蕨及众兰草们

为我们一边护住流水

一边等待检阅

渡轮马达聒噪的轰鸣里

两岸猿声，从泛黄的书页中滴滴漏出

我知道此刻，正有人弃舟登岸

一览无余的江风吹灭了谁

又把谁送到难以企及的高处

此刻，我们站在渡轮上

看百米以下的先人

驾轻舟越过众山

那古旧的水面，有擦不掉的皱痕

云台天瀑即景

一整幅素缎垂下来，做了大山的门帘
仙人新成的长卷，即碎为断章残简
你看，眼皮底下也有这么大的暴乱

总有不安于现状的：
小水塘被小溪串联
又被更大的溪流拉帮入伙
被禁锢久了的水，一旦解了套
就如脱缰的马

这次，它们可是遇到了更大的陡坡
"哗啦哗啦"，这是相约跳崖的信号
仿佛五壮士赴死那一声断喝

有时真担心，这天长日久
就算大山血脉不会油尽灯枯
脚下磐石，也经不住流水的软刀子

一路诚惶诚恐，执意前行
我辈凡尘俗子，空有偏执之心

莱芜行纪之香山石壁

抽了泰山的一根尾骨

借了徂徕的一根肋骨

在大汶河辉煌的族谱里

占山为王的都是石头

倾斜的、平垒的石头

是两种时间的进程

藏乡青稞酒镇

一粒青稞与一滴酒的距离

有祁连雪线那么长

日夜兼程，雪们唱着《兰花花》从旱路到水路

就像亲人们绕埫的一周遭

又齐集家里窑洞的灶旁

酒杯清凉，青稞酒温热

藏乡店主用一桶青稞陈酿挨个把我们摁倒

盘内的三只酒杯

是三只顽劣的豹子

它们此行就是要把我们拱翻

自己再慢慢倒下

鹳雀楼上大风吹

你着一身唐宋的月色
自乐工作坊里走出，走到旷野上来
走到大风肆虐的天地之间来

已是初春
芍药们早已收拾得花团锦簇
中州大地正如贵妇般典雅雍容
大唐皇帝拈花有道
醉了的贵妃，是娇滴滴的牡丹

这泼辣而红艳的，可是杜鹃吗？
这些自深宅里巷走向民间的女子
就这么自在地妩媚着
仿佛六朝无战事，盛唐歌舞升平
而君主，从未远离

这条被驯服的大河，依然温顺地
贴着三晋大地一路前行
临风登楼的王之涣
正指挥那些云朵落座

他知道风在吹你

他知道风在楼上面看楼，风在你上面看你

你们将共同守住，这些高处的秘密

锅庄舞步里的青海蓝

一生到底要存蓄多少克盐，多少吨水
才活成如此通透的蓝？
一面镜子里的世界
到底拼接了多少个苦乐相携的切面？

锅庄舞步里，我们怀抱一颗滚圆的太阳取暖
不知是水还是天的这面大镜子里
你和我的轻羽与重厄都归向一个新圆
轻的给云朵，重的给随处可见的庙宇

中间那一层又一层，纱质的绿蓝啊
交给磕等身长头的中年汉子
和他的病妻
交给颤巍巍礼佛、蹒跚踱步的高龄母亲
还有她稀疏白发结成的小辫子

祁连草滩

祁连山真是好性子，默默陪伴一路

躲过牦牛尖角，羊群琐碎的唠叨

给青草抬轿子，为石滩脱靴子

为辗转腾空的马蹄，安上急刹

更主要的是，舍身让出这么大一片草场

让油菜花，成为当仁不让的台柱子

在黄色加封的海洋里

他们群体的合唱，已成为不容忽视的中坚力量

不为鹰的巡查，不为鸥鸟的张望

只为报一条浅溪穿山过岭

才献上金黄金黄的哈达，青青蓑笠

海西壁画记

你们依旧峨冠轩然

画像砖次第回放陈年旧事

一轮残阳打个早更，在旧壁画上等你

不是梯子，是白骨森森

不是战图，是流民四野

你有关外万仞山，腰里弯刀

靠在孤城苍凉的胸膛

你有向阳山坡上

林立的墓碑

作为一个旁观者

我有埋骨桑梓的老父老母

我有碧罗衣麒麟绣

绣闺门深锁

大师宗喀巴 ①

谁脐血生菩提

生出天下仁厚广博？

谁胸藏十万经卷齐诵

每一声都是得道的菩萨

从酥油花、壁画和堆绣里活下来的人

宗喀巴大师，你心里有两座塔

一座佑家人，一座济天下

可我只是塔尔寺旁，那株孱弱的松芽

要多少年佛光普照，才能将等身长头

磕到一个当量

现在我终于知道了：

点酥油灯，必先从胸腔里融出一道缺口

之后：绕山，绕湖，绕白塔

有母亲在上

天下善缘，皆是心佛

---

① 宗喀巴 (1357—1419)：出生在青海省湟中县，今塔尔寺一带，法名罗桑扎巴，藏传佛教格鲁派（黄教）创立者，佛学理论家。

穿羽衣的茶卡盐湖

祁连与昆仑联手打造，浩大的碗
一湖清流欲说还休
一地白水晶半含半露

你冰雪的消息只是捎给河流的
天空和云朵，开始在素描里漫游

今天立秋，这片镜子里偷偷跑出的仙女
着羽衣，少不更事
闲看整个世界
愁云难展的样子

泉城词典：春到千佛山

济南不会纠缠一个季节的老之将至

可是风会。流连在山间四月的风

会冷不丁扯住你的裙摆

掀起你额前的春秋帘幕

挠一挠你的方外之心

春风真是一把推剪老手

白茅和枯藤，被迫隐匿

石阶一夜抹平嘴角的山羊须

捻出硬实的青髭

春风是一枚创可贴

让你看见春花，就想着秋果

看见悬挂着莫须有的秋梨，就想到秋菊哑然的篱笆

让你抹去一个时代的戾气

把一颗濒死之心，从一团淤泥里救活

那时，居民楼林立，天上和人间各安其命

东边是我，西边是我佛

可是此刻，春风是个贼

奔跑在山下的孩子，被偷走珍珠的奶牙

大明湖·清波误

不过是白花花的日头举着快艇飞奔
波间鱼儿顶着绿华盖借着杨柳风
拧一段舞中胡旋

不过是暮色藏起水中仙侣
隔一湖纱雾高楣和低檐互通消息
绿地大厦朝深深长长的夜
映着红红的眼

微风摆柳，一面湖水就是镜子
莲花出浴，一面湖水就是嫁衣
日日藕花里弄扁舟的人
那群鸥鹭定然还认得你

在大明湖，你所看到的，也是正在发生的：
一座城，用几千年的光阴养育一面湖
怀抱这样的一盏千年酒具
得有多大的气魄

亲爱的大明湖

今夜，我允许你碧波轻扬

允许你清风抚醒莲花，垂柳轻唤故人

允许那个像我的人，伏在你碧波轻叩的右肩上

易安，她忍不住坐进莲花里

她要等的云中锦书，终没有出现

黄鹤楼：一座楼的眉批与标题

这是一个关于"送"的命题
屈子高歌，为走上不归路的山水和祖国
伯牙用古琴，把一曲《高山流水》捎给了子期
借一曲广陵散，嵇康潇洒地把自己送进传说里

再下去就是盛唐了
黄鹤楼，送别一场三月的盛世烟花
李太白给了一座楼一个名分
后生崔颢却用笔下黄鹤
给了太白先生一个永久的偏头痛

等送走了孟浩然，整个大唐就剩下诗在望气了

所以他要变着韵脚送：
送兰陵美酒
送五月落梅
送桃花潭水深千尺
送烟波江上的一叶扁舟

古运河：一千四百年前的一场大水

在镇江，并不是所有的种子
都能够找回自己的花期
那等在时空里的容颜如一粒炭化的稻谷
黧黑的面庞布满秋风的鞭痕

这是一位泥水里出生的母亲
一位母亲没有权利选择自己的发质
正如一位子民无法决定自己的肤色
一条河造福苍生的心思
却被一个喜欢拈花的皇帝歪打正着
你的白发三千丈
已染上泥土的颜色，河流的颜色
一根发丝可以与更多的黄皮肤黑头发
秘密联网
先人的点穴之功力在于
按揉这一点，就可以接通整个华夏的动脉血

于是我知道以你的眉心为原点
可以到达更浩大的北方和一个国家壮硕的心脏

从镇江到京城，中间就是我的齐国

那么，借您弱水三千来弥补

一个叫东营的城市，季节性的断乳期吧

让一条满怀心事的河流

洗净琼花杨柳，连同一个民族陈年的痂

我要用一千四百年前的一场大水

洗净吴王钩、越王剑

连同他们胎死腹中的伐齐计划

我要借助黄河的皮筏子沿时光逆行

一桨一桨，划破暗夜的封底：

一页宋元，一页隋唐

最上一页，就是春秋吴越

——终于发现：这运河之根，原来并不寂寞

半截邗沟，正挽着

半截江南河

宜兴，以茶的名义

是额露轻绽的那一朵吗
是步态轻摇的那一朵吗
一定，是偷偷藏入衣褶的那一朵
是轻卧在帽檐的那一朵
是悄悄飞进书页里的那一朵
这些，依然不够

波涛起伏的茶岭，绿风飒飒
这宜兴：春景终将逝，黄花年年老
你将以茶的名义，于壶间
蕴万顷波涛，静待一场绝世的豪雨

因为你知道
再耀眼的容颜，迟早也会风干成历史
于是索性以决绝的姿态
携清风明月，连同新雨露和旧光阴
提前走进线装的册页里

贵德黄河

在贵德，你终于知道
作为一条浑黄的河流，我也曾多么简单纯净
轻巧纤细的身材，兼以和暖清澈的笑容

可是无定河啊，我无法不接纳
你的急慢骤变，清浊互显
还有你情绪高低不定的跳崖式落差

都说天下黄河贵德清
可哪里架得住那么多条浊流汇入

你看，那么多的孩子在体内进出
我终于风霜满怀
却也能坦然面对入海——这生命的最后一程

册页济南

打开水流苏的素封信笺

揭起石围栏的勒口镶边

掀开一面大湖的封面

抽出一帧园林的书签

穿荷醉酒的女子，自一片荷叶上起飞

从《漱玉集》驶进新的水墨丹青里

并以此证明，我们都是正史中

被无意擦除的那一笔

所以啊，这样的册页

易安稼轩必得词中各占一章

李白杜甫赵孟頫诗中各占一章

文面老残一章，老舍一章

山河湖泉、亭台楼阁，再各一章

文脉水脉人脉，畅达了城市的气脉

他们把济南放进卷轴放进斗方

变成一粒粒跃动着脉搏的字符

再用几尺见方的泉池，养一片蓝天白云

一弯不老的月亮

一为落款，一为印章

骊山脚下阅兵马

两千年的一个长梦
到底积攒了多少内力
骊山脚下，这夜色里的急行军
仿佛踩着地动山摇的鼓点

展厅之外，是蓝天白云的道场
有一圈白玉兰树镶边
三秦人民的日子便圆润起来

此刻的我们，就在柿子树下
看六国风烟
一朝敛于骊山脚下

观壶口瀑布

是超大木匠扬起的巨型刨花？

是左垒右垒总也堆不踏实的柴垛？

是四分巧克力加六分牛奶的咖啡摩卡？

是长长的锯子愣生生把一个焦黄的面包撕扯得四分五裂？

是发狂的野马群有着飞扬的四蹄与燃烧的鬃毛！

是残暴的巨兽连皮带肉撕扯喷涌而出的血浆！

是黄帝遇上蚩尤两个部落紧锣密鼓天昏地暗的厮杀！

是煮沸的岩浆见山夺山见树毁树见房烧房的暴虐！

是龙陷浅滩虎落平阳时翻滚腾挪的抵死一跃！

黄河将自己从胸腔里吐出来

却碰到了壶口这样的樱桃秀口

吐又吐不出，咽又咽不下

这心病，只落得没完没了的滔滔诉说

风过喜马拉雅

绵延几千年的风又吹过来
梳理过稗草、硬叶苔和黄绿相间的紫花针茅
港湾里幸福的马蹄莲花舒展着媚蓝媚蓝的腰
让藏北腹地在绿舞池里踩出迎春的阵脚

风吹过来
野葵花扬着不驯服的头颅，冷蒿们低眉顺眼
风吹过来
熏黑了卖藏药的老人青筋暴露的手
吹红了藏族阿妈经年流泪的眼
风吹过来
鄂陵湖和扎陵湖这两只多情的眼睛
于明灭之间放走云翳

风吹过来
醒了的高原将散落的发丝垂下去
以九级大风的速度垂下去
以五千米的落差垂下去
这位长头发的阿妈，终于将满头银丝——
梳成了两条长长的辫子

一条从格拉丹东那里甩下去，一条从巴颜喀拉那里甩
下去
一任她们在渤海里簪花，在东海里戴叶

风吹过来
黄土高原母性的胸腔与云贵高原父性的骨骼
将以相同的血型在同一滴水里和解

开封吟

你听见歌舞高楼倾颓
椒房与凤阁地下空嗟

你看见夹道烟花熄灭，梁苑有秋草
夷门有暮鸦
白发侯赢，在断碑和黄草里
睁着惺忪的睡眼

如今
你看见废殿苍苔又新发
颓园紫燕筑新家

千年已过
他们已不认得我们这些后来者

长安在上

芙蓉园的一群叶子，被大唐的风端起
你在汉唐叶阵里抄近路寻访一支驼队

长安畅达。一根蚕丝一溜烟扯到大秦
一溪秀水直奔余杭南下

长安高深。古树压风，峻美华山和大小雁塔
指引我们立体考察

长安奢华。大明宫、阿房宫在镜子里站稳脚跟
八百里秦川铺开苍凉雄浑的版画

长安厚重。十三朝古都立体堆叠
《诗经》里埋下种子，陕甘宁边区击发
铸就文字的江山半壁和基座

长安在上——
你厚实的家底，惊到我们
这帮来自大河尾间的取经者

可如今，秦砖汉瓦都去景区招揽生意了
那么多香客，过终南如走马
他们走他们的官道，你自寻你的关中秋色
灞桥烟柳做证——
是你甩给硕大长安
一个绝壁似的背影陡坡

鹳雀楼：一支来自前世的箭镞

一支箭，自南北朝那里射过来

一支带上汉唐骨血的箭镞

穿过宋的淫雨，元的烽烟

恰如一截笋，你破土

悬置了几百代的三晋大地

终于可以使出聚攒几百年的肥力

这又多么像宰相出山，帝王巡猎

你代替一条河流，甩出亮亮的鞭子

你每长一寸，就是一句五绝

你每一个拔节的脆响

都是一句华夏原汁原味的母语

这高高的白日可是你甩出去的？

这河两岸的五色花草可是你带出来的？

因为你，他们正分行奔赴一场前世的邀约

手牵一条长河，我知道你是有耐心的

你的定音锤，规整了大河的涛声

你的指挥棒，导引着一条河秘密的指向

其实我知道，一座楼就是一个行脚僧

终极的愿望都是远行

可冲动的是流水娴静的是楼台

一条大河昼夜前行

只留下忠贞的你，为三晋大地

默默值守

在趵突泉

赵孟頫持云上玉壶
元好问托波间白塔

纱质的雾，飘了三千年
兀那红鲤姑娘：侬只是对镜补妆
头上红盖头，缘何不揭?

可是睡莲们也老了啊!
泉上旧雨，可是清照遇到的那一滴?
再去问泉上三位君子：滔滔不绝的
你们到底想诉说些什么?

莫非终其一生所等
唯明湖一盏云烟，趵突一锅沸茶?

武汉三镇，一面上好的古琴

汉水真是一位最有长性的追随者

怀揣一架古琴，就是信誉的凭证

子期悄然隐进他的山林

长江渚上，天高地阔

伯牙便用一架琴做了接通两个世界的梯子

如何在一面琴弦上做最后的书写？

击节，是需要功力的

那就对早起的江汉平原喊一嗓子

对隐姓埋名的古夏口城襄阳城击一掌

站在宽阔的琴台大道上

对正拔节的楼群及平地拱出的厂房，轻捻慢拨

焕发着青春的武昌城

你是在蛇山迎来第一抹早霞时接通了天眼？

五座桥，五面忠于职守的琴台

五条路，五根各司其职又张弛有度的弦

扬子江与汉江，正以榫与卯的契合

组成两根交叉跃动的弦

再将整个武汉三镇，顺势弹响

北京地铁——风样的男子

如此拉风

知道你来，整个大厅在战栗中虚位以待

旋即涌上来的小清新小资的洪流

让脑门儿的吃水线接近警戒线

打着旋涡的这股子潮水

很快就把地铁这艘大船的肚子填满

直到——

你张开紧闭的唇，"哗"的一声

把我和众多的男男女女吞进去

又吐出来

可是旁边，液态的人群

又在溢出

出东门记

——天津大学进修一年，离校有赠

天大，是时候了！

昔我来斯，东门以石碣纪年迎我惑我
秋日新至，你料定我必穿过悬铃木与海棠们
层层预设的阵列
从 1895 年开始，从一个世纪的底色里
语言学院伸出弧形的两翼
这兼容并包的迎接，更像是一种引领

今我往兮。5 号楼 302，33 号和 44 号楼
梅园和兰园，还有一整座郑东图书馆
在不同的时空里，他们手拉着手
在黏稠的酷夏，这多么像是一种挽留

从此，我身后必定站着你的万千春风杨柳
你将和更多的校园抱成一团
用深长的目光，殷殷相送

莱芜行纪之香山乐队

清晨伊始
有一支乐队在山间巡演
他们羽翼之间歌喉婉转
他们合唱与独唱，他们动用了丝竹管弦

更滂沱的交响乐始于午后
天降大水
含香的鸟鸣低于凹处的流水
高于半坡的梯田

沿着一尊汉阙回家

一

大地之上，自有绿树和白水

为你扶正清远的身子

历经多少次暴力拆装和按图索骥

那些廊檐和窗棂，已从画像砖上走失

为什么，这么多年已过

我一定要从一尊汉阙上找到你

二

比如相遇初始

赛人谷已经打扫干净

你化身清流于百里深处急急赶来

你把帘栊的青藤一根根放下

一间只属于我们的桃花源是山谷的急就章

比如春水扬歌

你定要给这活力的章节加点润泽之气

你总是雀跃着奔来，白色的披风在山间轻轻摇荡

三

从你这里出发，自古只有两条路
——宫廷和墓场
你所省却的那些日常
都装在心里，刻在背上
你有石头的书页朝天空哗啦啦打开
战事汹涌的那些年
马匹与骑士合力，于车阵中抽出身子

正如你，从气韵辉煌的大汉王宫
一直走到万众脚下

四

你有四方守卫：青龙、白虎、朱雀、玄武
肩上有驿站，颈间悬戈壁
有宕渠的浪花恰到好处的围边
修长的体态，配以比例刚好的腰身

我尤喜欢看你峨冠粲然的样子

五

可部族之争从来就没有止息过

比如花朵嫣红，你却在战鼓声里着戎装披箭羽

石壁不语，你却用金石之音代替我们洞中的歌唱

清酒黄龙之约只是开在史书里的一朵谎花

所以总是有荆轲或者高渐离们
在历史的某些端口握长剑或匕首等着

六

浪淘沙尽
历史的显像器上，似乎只剩河流
和他干涸的背影
宫室万间都做了土，似乎只是为了
成就一座汉阙和它的后世佳话

你依然是你的雕栏玉砌
一丝柳叶灿然而骄人的绿
你是江岸如烟的花朵，亭台楼阁铺陈的
愈过愈浅的散淡有味的光阴

所以，后来的人
应该把躬身礼献给你

七

如今，古驿道边征尘已远
石头和路边青草的地盘之争只是在暗处
八濛山金戈铁马就地驻扎
渠江边壁画里，列位英雄只雨中静默

是的，你的村庄正经历着脱胎换骨
中国南部的白墙黑瓦，把脏乱关进自律的井盖
城市容颜前所未有地磨皮、美容，整装待发

八

你看，时间又一次把一位叫作汉阙的壮士
推到了历史的前台

你像极了扬州
仗着自己三千岁的高龄
就可以无视流水的秋波与春闺里的信物
你把丰美的身子束成杨柳的细腰
更借古琴与筝，漫过三尺印花布的头巾
漫过丝竹的疆界成就一段高格士子的现世风流

九

我镜像里的汉家宫阙

正睡在一湖秀水的涟漪里

温和中透着儒雅，清秀中含着婉约

可你终将是属于石头的

不就是大汉留下来的一只长柄酒樽吗？

不就是刘氏江山传下来的一部石头的编年史吗？

我镜像里的宕渠城

在一嘟噜一嘟噜的繁花浓叶里

亲爱的，不能再摇了

冬去春来，你见过这么四通八达的石窟中转站吗？

开放，闲适

春风把一部立春书翻了一遍又一遍

硕大赛人谷早已经为你找好了遁出的巷口

十

我镜像里的宕渠城，在翘起的一弯新月里

也许，你依然在宋词里摇曳和叹惋

还会在元曲里逶迤成一出短剧

你有时间累成的胎记，但我不想把你的出生

归结为一个时代的丧乱流离

这一刻，我用一个峡谷的专题盛放孤独

亲爱的人，我怀揣旧病去冰雪的北方
而解药在你的手里
我只能沿着一尊汉阙回到家乡

十一

在一面湖水铺开的宣纸上
我蘸着蓝蓝的天空画另一汪大湖
我用朱砂几点墨绿几点，堆一座华蓥山
一座连营山
山峦胀起来的时候
白雪一捧轻点大佛的前额

《诗经》有云："维天有汉，鉴亦有光。"
新时代转动的车轴上，新的制动机构
在 5D 世界里张开眼睛和耳朵
渠江水在大功率马达声里
又活过了一页

周庄，华夏宣纸上的那一缕水墨

一

青山坐成镇纸，淡绿生宣铺在水上
乌篷船拖出逶迤的行草

每天，周庄人规规矩矩地写，左一笔右一笔
一排排白墙黑瓦，是一列列竖排小楷

周庄，就是写进华夏卷轴里的那一缕水墨

二

水承天地，墨寻古今
我用浓墨书写，淡墨回忆：你是谁？

倒立的镜面上，你青发素面眼波清纯
你是那位水袖长衫的古典舞娘
船来船往，你娴静地立在水上
你乌黑的发垂到水里，美得惊心

可惜，我的用墨还是淡了

三

淀山湖畔出生，九百岁高龄
从元明清长出的古桥
有最恒久的卧波落虹

白米和丝绸，自白蚬江起笔
沿大运河、济水至渤海，就与全世界的水墨打通

周庄的脚程这么远，每一笔都饱蘸沉甸甸的乡愁

四

咿咿呀呀，桨橹们唱着久远的昆曲
骑楼依旧工笔，水阁照样写意
深夜的霓虹眼波凌乱——
后现代的喧嚣何时开进了悠远的水巷？

周庄这么娇小，而喧嚣那么重

长在深闺里的周庄，那个不施粉黛的女子去了哪里？
那些自春秋启程的故人传说
街衢里巷的吴侬软语，塾屋里的朗朗童声
都去了哪里？

五

红灯笼是廊屋不眠的媚眼
布衣青衫的你，眼波空蒙
长溪抛出碎银，石桥纷纷如走马

此刻的周庄卸下人世熙攘，换上戎装落霞
一条黄昏的河流，送给你时间最深处的光华

阿婆从雕花的轩窗里探出头
关门开门，日子在闲适中哗哗翻阅

妖娆的周庄，拖着百转千回的那一笔
顺时间而下

六

一艘船的视角永远是一个侧门
再往里走，就是一个慢时代
账房先生的毛笔与算盘说了算

周庄不贪，她身体里的流路是向内的
世事的圆满，那些桥洞只占一半
另一半交给水色和天光
交给莺燕们的软语评弹

七

哪里有什么迷楼

分明是一个北方人——如我

随春风误入江南墨韵烟水的歧途

与柳亚子、陈去病们围桌而坐

觥筹交错之间

一个叫南社的盘子已经烧制成型

一册香香的《迷楼记》春卷

就要装帧成功

八

水里也有一个周庄

我说我有罪，我用一艘木船的叨扰

搅醒一个清梦中的人

正版与拓印之间，你在与谁肝胆相照

风行水上，船行千年不息

那么多支笔日夜疾行

似飞白之后，落墨不止

坐在窗边

我看见一面扯天扯地的水幕

自东到西，自南向北
我看见那么长的一片水
统领着寺前港、市河、银子浜
再被急水港接走

水急，墨也急

九

其实，我不敢做一座高拱桥
去劫掠你旷世的美
即便是一只舴艋舟，也是一种惊扰

美是有法度的
兴许，我可以做一株阶前的绿萝
点缀你留白的前襟

或者，就做西市河里的一尾鱼吧
牵一缕最细小的水墨
在一抹绿悠长的呼吸里
以此终老

金山岭：谁的脊梁，谁的骨头

你只是有幸遇见：那些黄金的泥土，如何变为青青的册页，一沓一沓，交付那些青筋暴露的手去装订，直至一截一截，把自己送走。

——题记

一

两千年前，我随驼队出关
古隘的大口一合，身后的世界旋即被罐装
我随大漠的风疾行
深一脚，浅一脚

我想我就是哭长城的娘子，泪淹秦陵
又哭倒汉家江山

我想我到底是哪一种命贱的草
征人在东，我在西
可我的青衣，撇下水袖
我的青果，醉煞米酒

二

金山岭，异人用行草在走
一堵超长的墙砌成的屏障在走
这里的每一块砖石
都有自己的留声机和记忆插口

一条脐带再短
也能接通一个国家的高天和厚土
一条龙脉携着大地的筋骨和钙质
隐进青山莽苍的鬃毛和皮肉

金山岭啊——
你是谁的脊梁，谁的骨头？

三

那一年秋风再起
你把一轮明月望残，却能抱残守缺
那一年，城头的光阴越发稀薄
你已经把自己望成了一块守城的方砖

你只是有幸遇见：黄金的泥土
如何变为青青的册页
一日一日，将月色与白昼排成行

一沓一沓，交付那些青筋暴露的手去装订
直至一截一截，把自己送走

亲爱的，何用送征衣
我只消浊酒一杯，洒城头

<h1 style="text-align:center">四</h1>

长城外，一只羊离群久了
破碎的嗓音里灌满了北风
你扬鞭，你倔强地赶着一群戈壁的石头
庄稼把牧草们逼到绝境
锄头和弓箭们将要彼此失守

一群羊，对着枯草和旷野默默背诵
一群深陷农耕文明的北风在关外
游牧长城，撒豆成兵

可是良人啊，没有送征衣
一队蚂蚁陷入荒草
更多的光，正被黑夜吞噬
一管羌笛一杯浊酒，都有来路
一粒黄沙一茎枯草，自有去处
你是不能独自领受罡风的那一笔
你却是最该夯筑进史册的那一笔

五

鸡冠花只开到一半，就裹足不前了
木槿，只爬到半山腰

面对雄性而粗壮的古城墙，这些红脸的村姑
忸怩着暗中审视：
这黧黑的征尘后面，一定是谁
被禁锢已久的青春和热血

这是一条自山海关甩出的带子！
带子上有个坚固的纽扣，叫金山岭
往西，再往南
东海里汲水，西海里扬波

六

在漠北，在京华
长城这篇大赋，须用司马相如之才
荆轲之血性泡制
那就让一块块巨石刚硬的脊梁骨
铺陈在青山的肉身上

边关冷月旧，壮士白发新
狼烟和烽火注定要结成比邻

可是啊，秦的霸气，明的硬气
都挡不住多尔衮们的刀兵与响箭

康乾不筑城，李唐不围边
看来强与不强，有时候
砖石们说了也不算

七

可是作为一块近京的石头
我把自己驮到这里，就再也走不动了
他们，都叫我望京石
我曾目送一些人风风光光进京
只是在暗黑的夜里
偶尔向故乡那里一瞥
有谁，会在抬头的间隙
与一群石头交换心智？
所以，我不能让你结痂的伤口
再洒满霜雪

所以啊，在斜阳，在古道
我盼望：有多少石头的垛口
就有多少只驼峰的召唤
芳草以笛声送你。我似乎已经看见：

桃花们，正倚住伟岸的城墙

晾晒红粉与白雪

八

如今

在羌笛声里，明月依然照我

我不会以短句绕你，音断意还连

我也不会用零打碎敲，将你扯成残简

南国雨，北国雪

我婉约的月光

只适合做你低回的长句

你是我今生难以逾越的关隘

我是你用心镌刻的密电码和文字砖

金山岭啊

我是你不小心遗落人世的一枚铁蒺藜

你活在我的取景框

我活在你七尺见方的胸怀间

卷四　谁将永立在象形
　　　　　　的书册里

春秋辞

春秋那里甩出的一岭鞭子
大河唇边的一丘朱砂痣
他们活给谁看

长进楹联，长进碑帖里的人
用声音和表情，于荒寒和断崖之处
把大时代的扳手和风向标
默默递给你的人
他们又活给谁看

墨迹越少，书页越寡薄
到底，他们还是要抽出真身——
一幅长卷尽览农耕和法事
东边是人神，西边是人间佛

沉默的《论语》里有一把明晃晃的戒尺

打开这本竖排的册页
沿着春秋路，我们往南
城外的春天还徘徊在五月初始
燕子在柳树和天空之间切换阵地
彼时鲁国已被各色游人攻陷

此处今是磨石广场
所幸，我们已和先师践行同一种律令
此处曾经青丘间莽
我们，终于奔走在同一条古老的街巷
我们已开始薅去心上的杂草
删繁就简用春秋笔法
把礼义仁和的种子入土
遍植松柏和白桦

你看，沉默的《论语》里
有一把多么明晃晃的戒尺
彼时，我们都下意识地拍了拍身上
那些外人看不见的雪

有关王之涣：一粒词语的缉拿手记

前世，我该是鹳雀楼边，当垆卖酒的小妇人

行脚浅浅，蛾眉深深

白天，在杜康和竹叶青里摆龙门阵

夜晚，在花雕和女儿红里掌乾坤

用太白酒桶做量器，闲来拾取月光的碎银

你知道在蒲州城

并不是人人都有乔装的机会

其实，我真正的身份是一名暗哨

肩负追杀之命

在唐朝行踪不定，江湖上隐姓埋名

至于那在逃之人，名曰王之涣

此人凭一身文字轻功，常以一粒词语的身份

流窜于江湖与市井

时而，循着一声鹳雀的鸣叫

在酒樽中演习滑翔术

在一首五绝里，飞花伤人

我想好了，如果垆前遇见那个人

我先不急于取他性命

我不要银两，不搜盘缠

我只需用三步成诗逼他就范。如他拒捕

就再请出，御赐的缉拿令

当然，如他肯放下一座楼高蹈的架子

我定保他，暂无性命之虞

之后，请清风签下小楷的名讳

放到黄河里，逆行回长安

山间书院

我要找的人，他不在庙堂

他有一个西风灌满的江湖

他有岭上白鹳和秋意正浓的红枫林

他有一川沸腾的黄草和正宗的白杨

他有一颗明白无误的向我之心

从不羁到温良

一缕墨，被驯养，被梳理

绞索和鞭子？不，是拈花的，如兰的气息

那时候我们有庄稼树木的头发

我们有厂房民居阔大的胸襟

我们把藏在躯体里的火苗喷出来

把一个民族积存的可卡因和尼古丁喷出来

把一个姓氏的血浆喷出来

一条游过枫桥镇的鱼

姑苏城外，流水落寞

长安也活该落寞

流水空转，你在桥下点数残烟剩水

你在寺外，与钟声一起失眠

这条叫张籍的鱼，自长安游过枫桥镇

这个镇就活了

去他的插花游，去他的琼林宴

大唐王朝太小

放不下一个落魄书生呢

寒山寺很大

一座枫桥，一叶孤舟

驶进浩瀚的诗海烟波

走在隆中的青石板上

你知道的

一个王朝在拐角处，往往有褶皱

父子争婢，早已是笑谈

觊觎权势的，把天子窃为己有

苦了的，是那些风雨里挣命的草芥小民

被欺压久了，就是树木也会揭竿而起

一部史书翻到此，全是错乱的章节

我走在隆中的青石板上，会不会撞见

竹林深处吟哦而出的诸葛先生

以及那布衣青衫的容颜

一片竹林的确不大

却可以隔开乌云翻滚、刀剑喧哗

一片田地不大

足以盛得下绿蓑衣与旧兵书

和暂时栖息于心的治国安邦计

一方青石不大

雾里棋盘可撬动水中乾坤

如今，在隆中

一桌麻将搓红了一家人三尺见方的幸福

柚子们提着黄灯笼满街走

照亮了襄阳人酸酸甜甜的生活

你看，当种菜和除草都演变成一种绝版的幸福

刀枪剑戟，就只能是三国之中最旁逸斜出的一个

就如隆中，是《出师表》中最闲适的一页

唯有那一座草庐还算忠贞

他还在寂静中

厉兵秣马、蓄势待发

新生代

我时常在想
急着跑出书页去重新投胎的文字
与原生的文字是不是同一物种?
用来忏悔与写控诉书的文字是不是一母所生?

打开这一页，眼光清澈如你
我看到了波光粼粼的湖

石狮子，是你把世人留在了笼中

笔墨辞

活在扉页里的人
隔着封面的衣服，他们宽和相融
又乐得享用这独处的时光
静默的旷野灌满回声

活在书架上的人
他快步走近你的方式，是到枕边
舌尖上，眼眸里
直至我们的笔端
淌出他们富含营养的蜜汁

大　风

大风，走一路写一路
汉中是一篇豪气的散体大赋
垓下是一篇绝命的异象天书

大风，走一路分封一路
流水的韵脚，划过
汉宁、梁州、汉川、南郑
汉中啊，哪一个才是你宁死不变的乳名？

大风，走一路妆面换一路
大风先解开缚在汉中身上的绳索
汉王在上，诸王在下
史书里掩埋的酒器和粮草
直直地伸出了耳朵

诗人与墙

你一遍遍在砌墙，城楼越垒越高
风雨雷电，树木河流
以方块或者字符形式在向你靠近
你说排好了，你们这些顽皮的弹珠
你们这些打着十字勋章的欧罗巴赛马

可是在横排或者竖排的方阵里
你们靠什么获得了呼吸和生命？
你们通过什么找到了落座的路径？
竟然，你们开始了不由自主的行走

当你小心拿开这些形而上的砖石
最终露出的，是一小截叫作诗人的骨头

牛羊舔舐卷尾的大风
眼看把一座文字的山头拿下
一只蚂蚁，且行且沉吟：
江山是江山自己的不动产
哪一个帝王也带不走

纸上汉中

张骞以西部边陲为纸
汉王刘邦，以心上水墨蓝图为纸
整个大汉，以蛇吞象的硕大胃口为纸

直到，蔡伦用树皮和破渔网制造了纸
直到，蔡伦从小黄门到尚方令华丽转身

一拨云，飘到西部就定都长安
下一拨云，飘到东方日出，就定都洛阳

他们曾经，在月下玩追与跑的游戏
丞相和夜潮合谋，韩信留
大汉和王位合谋，韩信就生出反骨

丞相萧何，在官性与人性之间
来回拉锯，直到自己
也血汗淋漓，被请入瓮中

五丈原^① 祭

你问我怎么来的？
卧隆中，皇叔三顾
古城会、空城计
三战吕奉先，四挠曹魏的痒痒肉

骑木牛，驱流马，把自己变成一贴膏药
糊在了祁山
把司马老儿当女人耍了一番
最后却马革裹尸，不得还

你问我何方人氏？
发鲁西南，过汉中苑，取道斜谷
越秦岭，与魏军拉锯百日
借金木土革爻卦
把身家性命，种进了五丈原

---

① 五丈原：位于陕西省宝鸡市岐山县。三国时期，诸葛亮屯兵五丈原与司马懿隔渭河对阵，后因积劳成疾病逝于此。

兰亭的靴子

楷书里有一只硬硬的夹子
使汉字里的回路变得又窄又细
那些有幸自由爬过的生灵，各得其命
他们已经习惯，在古诗里用韵脚闲游
或者走平平仄仄的正步

而你们，在会稽山阴兰亭之下
是那被夹板桎梏了一半的树木
一半被水和铁撑住
另一半见风就长
不论穿布衣还是着官服
总有干净清爽的靴子
曲江边如行云流水，静心行走

这世界你们看得真切——
一只蟑螂制造的毒
又消解于一只蝴蝶旋起的霓虹

季节与时序

季节与时序里的人
都在跟自己的轨道较劲，唯少数人改写了辙印

汉服里的文天祥吟诵着《正气歌》走了
中山装里的中山樵还在演讲
唯学生服里的毛润之，成功挣出方块字的牢

先生说，这是命运逻辑的一部分
汉语里旁逸斜出的那部分

不信吗？
你在城南采桑，你在河心洲浣唱
你在街边筑炉沽酒
你在秘密象限里专享帝王恩宠
眨眼间，你成了游行队伍中
粉蓝学生服里的那一个

是的，我们看见了——
你正大步行走，在悠长悠长的
长安街上

醉卧在《珊瑚帖》中的米芾 ①

米公正站在樊城的高墙上

随意翻阅一城的山水

只要你肯，一条江都是你的洗砚池

饱蘸这一江春水，从水墨晕染到枯笔运作

江山意足你自足

身在宋朝，却经常出入于唐装里

那奇石，便是你隔世的兄长与老丈人

56 圈年轮，你用 40 周遭与古人辩论

你说：

心虚才能五指定，手圆方能掌乾坤

于是你提腕悬腕，让汉字们长出翅膀，

你健步如飞

仿佛马跃阵中，樯动风催

你甩一甩衣袖，接住案板上的滚雷

平生"刷"字无数，硬生生将一页年少轻狂

修成老练沉稳

---

① 米芾（1051—1107）：北宋书法家、画家、书画理论家，与蔡襄、苏轼、黄庭坚合称"宋四家"。

你转笔折笔，俯仰之间
不俗不枯不肥腻，有筋骨有皮肉有风神
一行迤逦的江水就是你的落款
一轮古城落日就是你的印章

至于米公你呢?
你早已把自己调成一缕墨香，藏在回锋里
醉卧在《珊瑚帖》中，不复归

刀　客

刀客每天手法凌厉地拆开诗歌的骨架

解开小说散文的外套和内衣

拆开关节，拆成七零八落的一堆词

他们跟剪刀手不一样

跟绞刑架下拉绞索的人也不一样

从话本到小说，有漫长的 300 年

他就在话本传奇零散的出口处等着

有些时候，他似乎看到了

那些大师们内心的图解和密码

摸到了搭建文字的脚手架和脉络

就连杜甫房上茅草、木檩条

都知道来自哪条溪流边

哪片林地房台屋坝

甚至听见了作者内心的挣扎

有的词语拧着身子不肯就范

有的则求之不得

时间的包浆内部

是他和汉字努力维持的样子

武陵春·空杯

——新来瘦，非干病酒，不是悲秋 [1]

借一溜明湖浅溪

你学唐人的款式，醉卧江山

一园子的荷花，借酒劲涂满胭脂红

一杯你也会肝肠寸断吗

又一杯你在苗里找到了草

并认作前世的姐妹

终于，醉了的蝴蝶迷途入街巷

这群小红娘，自雕花的翅膀下

刺出一根根鲜丽的红缨枪来

青史的花名册上，酒香四溢

你给清风一杯，明月一杯

《醉花阴》一杯，《点绛唇》一杯

小杯浅酌意，小到误入藕花的娇羞

大杯《诉衷情》，这一杯叫物是人非事事休

你唤作《声声慢》，他唤作《忆王孙》

---

[1]　出自宋代李清照《凤凰台上忆吹箫》。

饮完这最后一杯

易安她决计不再独守这一湖月光

她要借着水流

就势把自己这盏空杯

一并带走

一首诗歌的诞生

词语的装修队平地冒出

他们这里敲敲那里打打

在脑门上画石膏线，在人们看不见的地方使用假体

并给所有虚设的子民以秩序，以伦理辈分

以繁衍生息的小高层或者篱笆修竹

再刷一层自设的白，以抵制乡村俚语

那些自经书里熬出头的鱼进进出出

你只好在收尾处，设一道门槛

这拦河坝，就算是一首诗的结束

留侯张良传

楚歌唱断草木时

你以善水为上

家财遍撒，都长成秦军脚下蒺藜

你匆匆赶路的轨迹有点苦

是日，算我们混账

留侯在上，我们只好先留住你

罪也。以吾辈之短视，测君子之浩渺

看那时间，催老圯桥

你自桥上转身

乘上黄石公遗落的那一只鞋子

顺着后汉到三国方向的风远去

让人们至今都寻不到你

定军山：信札

一摞的简牍与帛书
被你的山体镇住
诸葛兄，我相信你依旧是孤峰一座
依旧，是中军帐里的定音锤和指南车

诸葛兄，这定军山一定也是
你前世拨发给此地的一封信札

夜深人静，你从案卷中抽出自己
中军帐里，有上好的毛尖与女儿红
可你只是空杯向月，抖一抖那些袖里藏针
引而不发

十万伏兵围了个密不透风的圆
十二座秀峰在启口处，为你垂首肃立
红叶辗转却不飞走

多好的落款
多好的烟霞

与诸葛先生谈谈江山社稷

孔明兄，恕我年少

此番前来，我拿什么呈给你

我可否

一拜竹林清风，二拜汉江明月

三要拜望，随你一同熟读兵书的

每一根竹子和茅草

我可否

吟一曲《梁父吟》与修竹为邻

摘一节《隆中对》当作出山的号令

捧一章《出师表》接住您喷涌的一腔热血

孔明兄，前路多蹇

在下若不能隐姓埋名

可否，将衰病之身托付与您，哪怕是充作马前之卒

不管能否唤来东风，我且来击掌立誓：

遇城则施空城计，遇水则水淹七军，遇土则推演金木土

革爻卦

七星台上拜风来，八卦阵里掌风云

遇竹呢？只消拔一支令箭

哇呀呀，兄弟我定要舍得一身剐

带刀夜闯曹营，就取他曹阿瞒性命

忽闻马蹄嗒嗒，铃声叮叮
这么多年了，莫非前来的又是刘皇叔那仨主仆？
孔明兄，这次您还要再走出隆中吗？
柴门半掩，您看兴汉室还是还旧都
都已经不合时宜

忘了告诉您，如今九州早已统一
北魏西蜀和东吴，都已是自家兄弟

过孙膑书院

孙膑试过剑

就用一座书院把剑锋隐藏

那困在城外的庞涓，空有藏针计

因为促狭与高峻，从来就是

高山与峡谷的分野

假如庞涓还在，桂陵会不会再度突降伏兵？

不能喧哗。那庞涓小心思不止

军马过栈道，减灶已算不得计谋

因为被孙膑调教的蚂蚁，都能摆出八卦阵

路过书院，我只能轻手轻脚

因为先生才写完一卷兵书，于卧榻之上

刚刚睡下

沧海不过酒一斛
——给豹子头林冲

日上中天，你们饮完小杯换大杯
城外风急，不如你急
你们饮完朝廷就饮彼此

据说，你是剑锋上行走的人
穿井过市，把一杆丈八蛇矛舞得震天
然而你这八十万禁军教头
却扳不动白虎堂这支超能量斧柄
唯梁山间酒肆一条路，才走得通

如是这般：你说沧海不过酒一斛
店家，再来一碗！

于是你说青铜里的江山
其实就是坐南朝北的
那一只酒葫芦

江山与画屏

别人把二两才气当钥匙，撬开功名
而太白你呢？率性就让大风吹

吹薄力士的面皮，捅倒国忠的权杖
呵，让你不得开心颜？
管他天子是谁

直到青衣江认出了你
直到一壶碧螺春，刚好泡出清香

当世间天色突变
你且化身樵夫与耕者，随白鹿与青崖
一起遁入江山画屏中

山水册页

铺展中州一张宣纸，洇开潘岳两湖水墨
援引一支湖笔，用大宋的铁画和银钩
我为一座水城，作画
尺幅适中，用淡墨浓墨点染
旧故事中长出一座鹤发童颜的龙城
过去姓氏郑魏宋，现在姓华

画一座开封府，在清流之上
包公们齐集同审一场公案
他们警世钟敲敲，虎头铡晃晃
他们敲打别人也敲打自己
画一摞正义的卷宗，端正地交付给历史
画一声杀威棒喝，吓破鼠窃狗偷的胆
画一群王朝马汉，把那些贪官污吏、男盗女娼
一并拿下

她不能气短，有六朝皇室支撑的脉相
她不能清浅，有六宫仙子合力捧出的暗香
折叠的江山在手，黄水流过汴水流
这每一帧，都是一部精装的山水册页

杜甫：一部温厚峭拔之书

一

自始，我便妄想找到这样一把剑
他要么深藏文字的谷底，顺着一脉细水练成鱼肠功夫
要么，就地立一座奇峰，以敛聚外露的锋芒

杜甫，果真是这样的汉子：心怀兰芷，而利器暗藏

二

杜甫从来就是一部凛冽峭拔的奇崛之书
地捂不住，天拦不住，你种植了那么多朝天生长的册页
都生着嶙峋的眉骨和青葱的犄角

你在笛声里寻找落日，友人和行脚僧占一章
你被倒戈的剑戟追赶，流民走卒和草芥清露
连同一粒人间微尘，各占一章

他们把书页翻得跟明月峡的水声一样明快
他们把人像翻得面目模糊

唯你在等：盛唐那一袭白衣，骑一只特立独行的白鹿
于千仞峭壁之中渐渐显影

三

杜甫从来就是一部沉郁慷慨的羁留之书

有乱世断行，天下就是格律，民生就是韵脚
于是你用江浙齐赵，用岱宗的浩然之气扶他
你把自己杵进长安，你用搔更短的白发扶他
你用掀翻茅屋顶的秋风，你用锦官城透地的细雨——
而致君尧舜上，终是驴背上的那首渐远的挽歌

后来，你看见那些壁画里进出的人
他们一会儿是云，一会儿是鸟
可绝壁就是他们的宣纸，翼翅已被巴蜀的重雾锁牢
除了这九百里深山，你，似乎哪里都去不了

蜀地十万八千丈的石质琴键
把弹奏的调门压低一点，再低一点
终于，有人居高劝酒，却掏出满胸窝子的不合时宜
你举目四望，满眼萧萧落木，终成老病孤舟

四

杜甫从来就该是一部澹远清幽的廓清之书

因为荒僻，你把后院收拾得像佛堂
一个唐人，你穿着汉魏的衣裳，你挥舞着锤与凿
仿佛拈着绣花的银针
时光，就这样一片片跌落
哦，你是在莽苍的绝壁上书写，绘天绘地
终于，你找到了佛

假如四万八千年也可以复沓
你必定是那在绝壁上正待起飞的人
沿着一条通天的梯子，梯子也在书写

回身，你竟然看到了大唐的回光返照！
于是你回身襄阳，到洞庭，与屈老夫子一起扶他！

五

杜甫从来就是一部筋骨和皮肉杂糅的血泪之书

起先是用墨：一笔渭水一笔江南，一笔襄阳一笔长安
后来是用血：一笔忧黎元，再笔肠内热
书家杜甫，书到发不胜簪

你拖着自己这支秃老的笔
却还是没把自己拖回京都长安

凭什么，你修栈道水道人道
有人竟绕小道偷袭了李唐的后花园？
群山心潮起伏，你的心跳再难平仄有度

你孑孑而行进入川蜀，连树林都蓄养成精壮马匹
凭什么你怀揣一个王朝续命的锦囊
却夭亡于大业匡复之前？！
凭什么，老臣殚精竭虑，幼主混沌不思前？

都远去了。行囊里的一截马蹄，官道上的杂沓车轮
连同渔阳鼙鼓刺耳的尾音
唯满坡荒草和那三尺碑石还能认出你

六

杜甫从来就是一部自我与群我相抵牾的象外之书
终于，因为贪嗔，有人把道场翻搅成地狱

突然有一天，你面前的那一座山
开始从高处坠下，大唐的天空阴云密布
隐隐的雷声自书页底部泛起

一个王朝，从根部开始塌陷。你扶不住了
而湘江，也扶你不住了

谁承认自己罪愆深重：汉唐千万里，是我引来狼烟，
是我？！

七

杜甫从来就是一部高与下相勾连的策源之书

世上路千万条，蜀人慷慨，把石头的胸膛让给你
生出一座茅屋
于是也生出更多的通道

给李白将进酒一条
给细雨中骑驴的放翁一条
给岸上子瞻和水中舟子各一条
给岳飞怒发冲冠、收拾旧山河一条！
给国破山河在一条，无家别一条！

八

洛阳终是回不去了，北邙山在等你
伊洛河不眠不休，父亲和先祖在碑文里等你
一首诗的尾音到巩县，已是最后的回锋

有父母在，你不得远游！可你 40 年独自漂流
哦，不，陪伴你的，还有那具木制棺椁

生自乡间的一根白草，带着水土不服的秉性
穿过长安残月、江南落花
穿过辚辚兵车和酷吏叫嚣，你终于回来了！
有人分明看见，你扑了扑满是草屑的身子

伊洛河到你这里又有些醉了
你的那首长卷，又从南瑶湾写出
新一轮啼声和崭新的鸟鸣

哦，这该是多么鲜活的又一次起笔！

谁曾用奏折调整一个时代的准星

——读陈子昂《上蜀川安危事》奏疏和《登幽州台歌》

一

你在花丛中舞剑

你在满是绮靡花草的园子里

培植一根箫管的苍凉

你曾以项上人头为赌注，用奏折

调整一个时代的准星

终于，你在一座名叫幽州的台子上

辗转咳血

二

错就错在

你是一个文字里掌旗的人

同时又握住了冲锋的剑

错就错在，你是一块易碎的玉

却决然把自己拽进大唐的研磨机里

三峡，看来是缚不住你

可长安又不留你

抗命上书是一条多么凶险的路途

正如那柄剑，回不了头就只能困于死地

三

龙宝山的柏树肯定认得你

得造物垂青

予你一个川蜀的聚宝盆，有群山镶边

予你一条江，有鱼米坐镇

伴天地悠悠之气

成祖上顺遂安宁之乡

四

原来历史亏欠一个人的

后世会有专门章节挽回

天下窑口众多

他们宁愿把开片的权利

让位于你这把涉世未深的豆青

你看滨江路铺开折子戏，在等你

当你从帆影涛声里抽出身子

当你恰好也于青釉里原路返回

五

那柄剑，一直都在

该是往川蜀的胸腹部穿刺的时候了
多年来，涪江驮走悲喜交集的日月
就像排除脉管的瘀堵
北联德阳绵阳，南接重庆成都
城市两臂的三角肌，有了远航的力道

六

该是给观音湖注入真气的时候了
睡莲睁开迷蒙双眼，六月荷精神抖擞

看，每一朵荷花都是一座观音殿
每一朵薄胎厚釉的荷叶底下
都有一摞富可敌国的盖罐

七

所有的白天都一度历经黑夜

该是跟旧长安道别的时候了

天地悠悠，都是客人

我们不是古人，也不是来者

蓬山酒浓，慨以当歌

八

何如制糖

让这世界充满甜味

天地浩大，让我们潜伏下来

我们取卤酿酒

我们写诗纺纱

后　记

难产的"大地"和执拗的"胎动"

这本书自 2016 年就开始筹备，但由于种种原因，一直处于搁浅状态。可她强劲的节律性胎动，常常触发作为一位诗人难言的歉疚和负罪感。

终于，在 2022 年年尾，难产的"大地"携着她带着奶香的乳名，冲破重重阻隔，执拗地突降人间。

一

当然，在等待"临盆"的这段时间里，这个"难产儿"并没有停下发育生长的脚步。

这要特别感谢山东作家协会和中国作家协会的助力与有效"催生"——感谢老师们把这本书列入省级和国家级定点深入生活项目，让我这个基层作者有底气去走更远的路。《卷一　低处的和声》，是我着力挖掘黄河人以黄河水为墨，以黄土地为纸的最早的创业史，作为入海口子民上交的一份笨拙的答卷；《卷三　行囊里的蹄声和雁鸣》大部分诗篇则来源于我的西部沿黄河行走。也就是说，《大地这个生长的动词》是一部着眼于黄土地、河流，关于黄河人，关于故乡的低处苦难与高处梦想的诗文再现。

在祖国这片年轻的土地上，黄河犹如巨龙左冲右突，东流路上一次次摆尾，让许多事物都成为地下的遗存。所以，我想通过这本书让故乡人和黄河沿岸的人们，以血肉之躯奋战、家常里短碰撞，以及这块土地上人们的各种朴素观念和历史人文哲思来一次纸上行走，并以谦恭之心，谨以此献给我生于斯长于斯的故土，以及我勤勉的家乡父老。《卷二　偏执的鹤顶红》立足于一个黄河口人在这片土地上或冷凝或炽热的情感，《卷四　谁将永立在象形的书册里》则偏重于个人对文化和哲学的一点思考。

二

相比于我的第一本诗集《为一条河流命名》（2007—2010）的诗歌存量，这本书涵盖了 2011 年以来十余年的诗歌，而且更侧重于近几年的诗歌。

本书的触角力求伸向更广袤的大地和远方。从入海口这片土地辐射出去，有的地方诗先抵达，比如鹳雀楼、壶口、鹿门山；有的地方是人先抵达而诗歌紧随其后，比如写西北部、江南的诗歌；有的诗歌仅仅是纸上的行走，今生还欠着用脚步亲自去盖一个厚重的戳印。

2019 年 8 月 7 日至 18 日，我个人的定点深入生活项目与本市组织的中国东营黄河口诗会系列活动之"叩拜黄河·万里寻诗"采风活动恰好重合，我们 8 人小组从黄河入海口出发，逆流而上，溯本求诗，历经山东、河南、陕西、青海、甘肃、宁夏、山西等省市，圆满完成了一次以黄河为纽带，与沿黄各省诗歌同频共振的"万里寻诗"文化活动，历时 10 天后胜利返回东营。

黄河这条母亲河自约古宗列曲出发，走宁夏、过兰州、绕河套、奔入海口，饱蘸水墨一笔写下一马平川的行草，到入海口的东营，才收笔回锋——这本身就是一种扎根大地上的行走。

当然我走的路，与这条河流的走向是反着的。

在整个中国版图上，入海口是城市人地理上的远方，然而谁也不能否认，这里是整个中华民族血缘上的近亲和骨血归结之地。黄河自上游携黄土高原的泥沙滚滚而来，愣生生地把一个小渔村冲刷成了现代化海滨城市，并让人们重新关注这片退海之地上丰富的矿藏和奇异的动植物群落。沧海桑田，在大海隐退的地方，柽柳蓊郁，紫花如霞；大雁、天鹅、丹顶鹤齐飞，万亩槐林与葵园竞相吐秀。所以在祖国大地上，在时间的平流层上，上游人民与下游原住居民一起，共同撑起入海口的东营。

飞速发展的社会进程中，不论是黄河沿岸还是江南大地，它们终将结束单一的经济运行模式，自摆渡时代、高速公路时代，以多条腿走路，多维度穿插，直至进入飞速发展的高铁时代。

三

所以，在本书里，我渴望达成的东西很多。

我想呈现——母亲河上、中、下游所濡养的大地上，城镇村庄百姓的真实生活，让身处黄河尾闾、孙子故里的黄河口人那朴素的情感与久远的时空对接，让底层的血肉之躯找回生命的尊严。

我想发掘——这片辽阔的大地上，上游那么多沿着河流走来的人，那

后　记　**195**

些盐帮茶队、不息的驼铃，他们都去了这个世界的哪个角落？那些走着走着就隐身了的城是不是日夜找寻冲出去的门垛？流民队伍里，那些走着走着就走散了的孩子，正在哪个泥瓦房里一点点变小？

我想表达——当年父亲脑萎缩已几不识人，他一生也不知道他的女儿在教学之外还从事一份写诗虐心的工作。但因为有他，以及我的黄河口乡亲和我的诗歌，个人虽蜗居入海口的乡间小镇，却依然能保持一份内心的安宁。命运尽管打好草稿、系好绳扣等我们束手就擒，但它还是默许了我们执意要修改的那部分。

最后我想说——站在大地上书写需要恒久内力的坚持，但我得写下去。笃定有一天，另一世界的父母亲，还有家乡更多的亲人，一定会听见他们的女儿在诗歌里泣血的歌吟。

韩簌簌

2022 年 6 月 30 日于黄河口